INFILTRADO

ADRIÁN Y MIGUEL ARAGÓN

Copyright © 2018 Adrián Aragón

Producción editorial: Autopublicamos.com
www.autopublicamos.com

Diseño de la portada: Giovanni Banfi
giovanni@autopublicamos.com

Todos los derechos reservados. Ninguna parte de esta publicación puede ser reproducida, distribuida o transmitida en cualquier forma o por cualquier medio, incluyendo fotocopia, grabación u otros métodos electrónicos o mecánicos, sin la previa autorización por escrito del autor, excepto en el caso de citas breves para revisiones críticas, y usos específicos no comerciales permitidos por la ley de derechos de autor.

Esta es una obra de ficción. Los nombres, personajes, instituciones, lugares, eventos e incidentes son producto de la imaginación del autor o usados de una manera ficticia. Cualquier parecido con personas reales, vivas o fallecidas, o eventos actuales, es pura coincidencia.

ISBN: 978-1-922475-05-3

Redes sociales de los autores:

goodreads.com/autoresaragon
instagram.com/autoresaragon
facebook.com/autoresaragon

Obtén una copia digital **GRATIS** de *Emboscada*: Max Cornell thrillers de acción n.º 1 y mantente informado sobre futuras publicaciones de los autores. Suscríbete en este enlace: https://www.autopublicamos.com/emboscada

ÍNDICE

Es noche cerrada en la ciudad de Londres. Una lluvia fina lleva cayendo durante horas. Las calles están desiertas, son las tres de la madrugada. La exclusiva joyería Archies tiene echadas las persianas metálicas y conectadas todas las alarmas. En su interior, distribuidas en varias cámaras de seguridad, guardan exclusivas esmeraldas, numerosos relojes de colección de serie limitada hechos de manera exclusiva para esa joyería, y muchas otras joyas de gran valor.

En el exterior, a pocos metros de la puerta, dentro de una furgoneta negra con las lunas tintadas, está sentado Billy Edison, un joven de dieciocho años. Lleva gafas de pasta negra y sus irremplazables auriculares blancos de una conocida marca japonesa. Billy no sabe vivir sin tener de fondo cualquier tipo de música. En esos momentos está escuchando temas de música épica del grupo Audiomachine. Está a punto de desactivar la conexión de la alarma de la joyería con la policía. Es un pirata informático con un talento descomunal. Como necesita estar conectado con sus compañeros, escucha la música por un oído y en la otra oreja lleva el auricular con el que se comunica con la banda.

—Billy, ¿está listo? ¿Tenemos paso libre? —dice una voz, urgiendo al chico a dar una respuesta inmediata.

—Estoy en ello, Tony, déjame unos segundos. Ya lo he hecho, pero sabes que me gusta hacer mis comprobaciones. A veces estos sistemas tienen trampa. Te parece que lo has conseguido, pero está solo en un *stand-by* que ha hecho caer a muchos incautos. No seré yo uno de ellos. Ya está, ahora sí, chicos, tenéis el campo libre. Todo vuestro.

—Perfecto, Billy, eres un hacha. Sal inmediatamente de ahí, tu trabajo está hecho.

Billy arranca la furgoneta y abandona el lugar a una velocidad moderada, para que un inoportuno control policial no arruine el plan.

La joyería Archies está ubicada en los bajos de un viejo edificio de siete plantas. En la azotea del mismo, dos hombres vestidos de negro cuervo manipulan una puerta que consiguen abrir. En cuanto Billy les da vía libre, la abren y comienzan a descender por las escaleras de emergencia. El silencio es total en el edificio. Ya en la planta baja, mirando el detallado plano que saca uno de ellos, colocan una carga de goma explosiva que, a los seis segundos y con un nivel de decibelios similar a un estornudo, abre un boquete no demasiado grande que permite pasar a un hombre, aunque con algo de dificultad, sobre todo al musculoso Eric Zolnerovich. Tony Nguyen y Eric penetran en la tienda, de la que conocen la exacta ubicación de las cajas fuertes. En las vitrinas y el escaparate hay joyas, pero no las tocan. Lo importante, la razón por la que han ido, está en las cajas de seguridad. Tony abre la primera de ellas, situada tras un cuadro que está junto a un armario blanco. En pocos segundos consigue abrirla. Cuarenta esmeraldas brillantes como estrellas relucen ante la luz de su linterna. Las introduce sin dilación dentro de un saquito de tela negro. Por su parte, Eric se halla manipulando otra de las cajas. Se le está resistiendo un poco, es la más grande y la que, según presumen ellos, contiene los mejores tesoros. Mientras, Tony trabaja la tercera de las cajas, que se halla escondida en el suelo, bajo una de las baldosas. El excelente detector de metales de Nguyen ha hecho que la encontrase con facilidad. Esa caja, abierta a los treinta segundos, les da una sorpresa. Hay un diamante del tamaño de un huevo de gallina. Tony se queda unos segundos observándolo. Teme que sea algún tipo de trampa. No sabía que pudieran existir tales pedruscos en el mundo.

—Eric, mira esto.

—Calla, Tony, esta maldita tiene algo raro, no logro abrirla. Quizá sea conveniente salir. ¿Cuánto tiempo llevamos?

—Ciento veintiséis segundos, nos queda algo de tiempo —contesta el vietnamita Nguyen mirando su caro reloj de precisión—. Inténtalo un poco más. Voy a ir cogiendo lo que haya de más valor en las vitrinas.

Eric, un enorme ruso de metro noventa y cinco de estatura y ciento quince kilos de peso, se afana con la caja hasta que hace el esperado clic. La abre y comprueba, estupefacto, que solo hay oro. Quince sacos de terciopelo negro con lo que a él le parece oro en polvo de gran pureza.

—Tony, aquí solo hay oro en polvo, ¿qué significa esto? Un montón de sacos, todos tienen lo mismo dentro.

—Ahora no hay tiempo para cábalas, Eric. Salimos zumbando de aquí, vamos.

En pocos segundos ya están de nuevo en la azotea. A través de unos sofisticados equipos de cables de acero con arpones, desaparecen del edificio por medio de los tejados de Londres. Cuando llegan a una azotea determinada, a dos kilómetros de la joyería desvalijada, se esfuman sin dejar rastro.

En un caro estudio de Londres, con vistas al Támesis, al día siguiente están reunidos Eric Zolnerovich, Tony Nguyen, Billy Edison, Vance Purdue y Abha Batia, la exótica india que es la contable de la banda, además de la encargada de lavar el dinero de las joyas vendidas y de buscar compradores especiales para las más exclusivas.

Vance, el carismático líder del grupo, está de pie, de espaldas a los demás, mirando el río. Son las tres de la tarde y llueve a cántaros sobre Londres. Vance está entusiasmado con el botín del último golpe.

—Este ha sido uno de nuestros mejores golpes, tíos —dice Purdue volviéndose hacia el grupo.

—Estuve a punto de desistir con esa caja, *blyad*—maldice Eric, el ruso—. Hacía tiempo que no encontraba una así, tan resistente. Pero la abrí. Parece oro, Vance, pero es extraño que lo tengan en polvo, ¿no crees?

—Ahora mismo tengo a una persona analizando unas muestras. A simple vista me ha dicho que parece un oro de 24 quilates, el más puro. Es prácticamente oro al cien por cien, algo muy difícil de encontrar en la naturaleza. Has conseguido muchos cientos de miles de libras, Eric, muchos. Si se confirma, Abha dice que hoy mismo tenemos comprador para esa arena mágica —responde Vance.

Vance no quita ojo al escote de Batia. Ella está sentada con las piernas cruzadas. Lleva, como es su costumbre, un traje de ejecutivo negro; y el último botón de la camisa blanca, sin corbata, está desabrochado. Ella es consciente de la mirada de Vance hacia su más que generoso busto. Vance espera la confirmación de Abha, bien de palabra, bien con un gesto de la cabeza, pero ella permanece en silencio.

—Bien, el plan es el siguiente —anuncia Vance—. Sobre la mesa tenéis un sobre para cada uno, como hacemos siempre. Ahí está el lugar de encuentro y la fecha. Cada uno recibirá, ese día, su parte del robo. No olvidéis destruirlo. Las paredes oyen, las nubes ven, hasta la lluvia escucha, señores.

Un coro de risas relajadas siguió a la frase del jefe de la banda.

DIEZ DÍAS DESPUÉS, en un hotel de Tarifa, al sur de España

Vance y el resto de su banda están reunidos en la habitación de Purdue, según las instrucciones de los sobres. Son las ocho de la mañana.

—Decidme —les pide Vance con la desconfianza habitual instalada en sus azules iris—, ¿os han seguido?

Todos contestan que no, que están seguros de ello, intentando tranquilizar a un Vance que tiene la virtud, pero para el resto del grupo es más bien la pesadilla que han de sufrir, de la desconfianza eterna.

—Bien, entonces aquí tenéis vuestra parte. Es mucho, esta vez es muchísimo dinero. Estoy feliz, muchachos. Si seguimos así, la pasta ya no va a ser el motor que nos mueva. Por mi parte, quiero seguir robando toda mi vida, aunque sean relojes baratos o bisutería de tercera. Me gusta el dinero, como a vosotros, pero lo más importante es que los golpes salgan bien, como nos ocurre siempre. Es un chute de adrenalina que no puede compararse con nada. Querréis saber por qué os he traído a la esquina sur de Europa. Es sencillo. Marbella está a tiro de piedra de aquí. Abha ha conseguido compradores árabes para gran parte de la mercancía. Son jeques del petróleo, por supuesto, que viven la mayor parte del año en España. Era más fácil venir aquí que negociar en sus países, donde no pienso arriesgarme a entrar, a no ser que sea para un golpe brutal, que no descarto. De momento, valoro mucho mis manos, no me gustaría perderlas. Además, en esta costa sopla un viento fuerte que no cesa nunca. El *windsurf* es una de mis pasiones, como sabéis. Me gustaría cenar hoy con todos vosotros, pero sois libres de salir hoy mismo de España. ¿Qué me decís?

—Yo me quedo —contesta Eric, el ruso—. En Málaga tengo un primo al que me gustaría visitar. No sabe que estoy aquí, quiero darle una sorpresa.

—Si no me necesitáis, yo debo volar esta misma tarde hacia Londres, chicos —dice Tony—. Quiero estar en Málaga a las once para el vuelo directo.

Billy y Abha también decidieron quedarse con Vance al menos aquella noche.

—Bien, Tony, puesto que tú debes irte, quiero decirte que no tenemos ningún golpe a la vista por el momento. Si surge algo de interés, que seguro no tardará en suceder, te haré avisar por el medio habitual. Ten cuidado y suerte.

Tony cogió el sobre que contenía solo una parte del botín,

sin molestarse en contarlo; el resto lo enviaba Abha a las respectivas cuentas de cada uno en paraísos fiscales.

El resto de la banda se quedó en la terraza de la lujosa *suite* del hotel, donde hay una piscina climatizada que puede usarse todo el año.

—¿Sabéis adónde va Tony con tanta prisa? —pregunta Vance.

—Creo que va a luchar en una de esas bestiales peleas sin reglas, ya sabéis —empieza a explicar Eric—, auténticas jaulas donde dos seres humanos se convierten en poco más que perros de presa rabiosos. Tony no puede pasarse mucho tiempo sin pelear a muerte, lo lleva en la sangre.

—Él sigue buscando a ese contrincante que lo derrote, que lo machaque, que lo deje hecho trizas; creo que busca eso —apunta Abha—. Es tan extraordinariamente competitivo que me parece que no soporta no haber encontrado un púgil que esté a su altura. Lo suyo es un rollo de lo más raro.

—Algún día va a tener mala suerte y lo dejarán lisiado para siempre. Y nuestro grupo se resentirá. Sería una verdadera lástima, porque me cae bien Tony —añade Vance—. En fin, somos todos libres de hacer lo que queramos en cualquier momento. Esperemos que vuelva con todos los huesos en su sitio.

—Lo más probable es que apenas lo toquen —explica Eric—. Una vez me invitó a una de esas peleas. Ya le he dicho que no vuelvo a ir jamás. No soy una abuelita ni me asusta la sangre, pero las salvajadas que se ven a veces ahí es demasiado para el estómago. Destrozó a dos tipos en apenas cuarenta segundos. Al segundo estuvo a punto de matarlo de una tremenda patada en la sien. Peleando es un bárbaro. Tuvieron que saltar varios médicos para salvarle la vida a aquel tipo, un finlandés enorme que parecía que se comería vivo a Tony. Tenía planeadas tres peleas esa noche, a pesar de que las normas no lo permiten, pero Tony consigue siempre todo lo que se propone cuando se trata de luchar. El tercero no quiso salir a la jaula después de ver lo que había hecho con el finlandés, no os digo más. Es bestial, muchachos. En ningún videojuego de esos veríais nada parecido. Es real. Cada golpe sale como un rayo, se mueve tan rápido que da la sensación de que está dentro de la niebla. Los rivales no consiguen verlo bien, de verdad, ni siquiera sé cómo explicarlo. Tenemos mucha suerte de contar con él en el equipo porque robando tiene manos igual de buenas que en el combate.

—Bueno, ahora relajémonos un poco. He preparado una excursión en mi yate privado. Vamos a África, a Casablanca. Allí tenemos mesa reservada para esta noche —propone Vance con una sonrisa—. Dentro de cuatro horas en la recepción. Ahora voy a volar un poco sobre el mar. Podéis quedaros en mi habitación, si os place.

3

Un hombre está sentado en el estrecho y corto catre que le sirve de lecho. Es la odiada celda de aislamiento de la prisión HM Brixton, en Londres. A esa celda los reclusos la denominan «da alcantarilla», y muchos dicen que el nombre se queda corto y que no es apropiado. Otros prefieren referirse a ella como el «pequeño infierno». En verano es como un horno. No está ventilada y el calor hace que no pocos presos hayan salido de ese castigo con deshidratación grave, debido a todo lo que se suda en ella. En cambio, en invierno es como una nave frigorífica donde se guarda la carne; es imposible entrar en calor. La humedad está siempre presente en Londres. Simon Keller intenta dejar su mente en blanco. No quiere ser consciente del lento paso de las horas. Allí el tiempo no corre, no anda, ni siquiera se arrastra cual gusano. «El tiempo no existe en "la alcantarilla" de mierda». Tiene frío. La primavera no termina de llegar a la ciudad de Londres y el cuartucho de tres metros cuadrados es un congelador más que una celda de aislamiento. Simon tiene solo veinticinco años, pero en la cárcel, sobre todo en ese agujero infecto, se siente anciano. Es inteligente y poseedor de diferentes talentos, como escapar de la cárcel en más de una ocasión. Debido a su última fuga, sufre una pena de castigo en «la alcantarilla» de la prisión. No soporta la idea de estar allí encerrado indefinidamente. Sueña con volver a ser libre, pero sabe que, a no ser que se le ocurra otra de sus genialidades, los próximos años solo verá rejas y patio; comerá bazofia y beberá una especie de compota que hace que se le revuelvan las tripas cada vez que la recuerda. Alegó ser alérgico a ella para que le sirvieran agua mineral sin gas. Mientras recuerda con desagrado los poco logrados menús de esa cárcel, suena la cerradura de la puerta de seguridad de su celda de aislamiento.

—Tienes visita, Keller —anuncia el funcionario mientras se aparta para dejar paso libre a un personaje trajeado, de mediana edad.

—¿Visita aquí, en la apestosa «alcantarilla»? En fin, como queráis, me da igual todo —contesta Simon. El funcionario no llega a oír la última frase porque ya ha cerrado la puerta y dejado solos a Jack Dupont y Simon Keller.

—Buenos días, Simon. Hace bastante frío en esta pequeña *suite* donde te alojan.

—Si pasaras una noche, solo una, la ironía y el sarcasmo te desaparecerían del cerebro, tío, te lo garantizo. ¿Qué ocurre? ¿Quién eres y qué quieres, o queréis, de mí?

—Me llamo Jack; de momento te bastará con mi nombre. Sé bien por qué estás en la celda de aislamiento. Me sé de memoria todo tu historial. Eres el clásico criminal, no espabilas aunque te cojan una y otra vez. Tu última escapada fue sonada, lo hiciste bien, pero después te relajas incomprensiblemente y es entonces cuando te echan el guante. Tienes ingenio, y eso me gusta y lo valoro.

—Si has venido a echarme sermones, pierdes el tiempo de manera penosa, tío Jack. Sé lo que soy, no necesito que, adornado con tu caro traje, me lo restriegues; y menos estando en este puto agujero. En un hormiguero tendría más espacio, te lo aseguro.

—Vayamos al grano, Simon. Trabajo para la Interpol, supongo que sabrás lo que es.

—Ahí no he echado el currículo nunca, de momento —dice Keller queriendo probar el aguante del policía.

—Pues ya ves que hemos venido por ti a pesar de que no lo hayas echado. Puedes llamarlo suerte. Lo que voy a proponerte podría interesarte. Pero salgamos de aquí, hace un frío de mil demonios.

Jack Dupont avisa al funcionario para que les abra la puerta. Salen al patio, que a esa hora del mediodía está vacío, pues los presos han entrado a comer. A Simon, aquella improvisada salida al aire libre le da vida. Se dice que aceptará cualquier oferta que provenga de ese tipo, sea lo que sea, ya que no soporta estar encerrado más tiempo. Sabe que «la alcantarilla», con el tiempo, se convertirá en su segunda casa, pues es rebelde y no acepta las normas.

—Empezaste a robar desde los catorce años. Estoy seguro de que no te han pillado en la mayoría de tus fechorías, pero los antecedentes hablan por ti. Atracos a supermercados con catorce años; robos en coches reventando las ventanillas, para después pasar a robar el coche entero; tirones de bolsos a ancianas a los dieciséis; robos esporádicos en joyerías, inventando siempre alguna astuta treta; espectaculares robos en casas de millonarios, lo que parece tu especialidad; y un largo etcétera. Reconozco que tienes ingenio, pero lo utilizas mal. Tienes alma de ladrón, por desgracia. No me gusta hablar con los de tu calaña, no voy a mentirte, pero has tenido suerte, chaval. Tú me interesas, y si accedes a colaborar, podrás salir de aquí pronto.

—Demasiado bonito para ser cierto. Si hay que matar a

alguien, olvidadlo —exclama Simon, que intuye que volver a ser libre cual pájaro le puede salir muy caro.

—Te aseguro que tenemos el poder de sacarte de aquí, no se trata de ningún caramelo ni promesa falsa. Si gracias a ti detenemos a los que quiero pescar, tú serás libre. Ya te he dicho que no me gustáis los rateros, pero al menos no eres un asesino. Hay una banda, un grupo de ladrones sofisticados que pueden robar cualquier cosa y en cualquier lugar del globo. Nosotros les hemos puesto el nombre de «Los Finos». Son tan hábiles y cuidadosos trabajando que no dejan ningún tipo de huella. No sabemos cómo huyen de la escena del delito, cuántos son, qué identidades tienen. En fin, que tenemos problemas con esta maldita banda. Las grandes aseguradoras ya han puesto el grito en el cielo, y como ellos son unos de los que mandan de verdad, cuando ellos lloran, los papás Estados actúan solícitos. Por razones que no te conciernen, y que tampoco vienen al caso ahora, es imperioso que detengamos a esos artistas del robo. Y aquí es donde entras tú.

—No entiendo bien qué pinto yo con esos tíos profesionales que actúan en grupo. Yo nunca he formado parte de ninguna banda. Trabajo solo, siempre lo he hecho. Me temo que os habéis equivocado conmigo.

—Pienso lo contrario. Creo que he acertado contigo. Pero hoy no dispongo de más tiempo, Simon. Aquí termina nuestra entrevista. Si quieres más datos, en pocos días podríamos trasladarte, en principio como recluso bajo vigilancia especial, a la sede de la Interpol. Si ahora me das un sí, la puerta que te llevará hasta la libertad empezará a abrirse. De momento, estamos manipulando con la ganzúa. Si quieres abrirla, dame un sí. Si no dices nada, entenderé que no te interesa y jamás volverás a saber de mí. Siento no disponer de más tiempo, pero tienes dos minutos, como máximo, para darme una respuesta.

Simon Keller permanece callado. Está dispuesto a aceptar cualquier trato con tal de salir de ahí, pero no quiere ponérselo tan fácil al madero. De todas formas, el tipo es duro y le ha dado un ultimátum.

—La respuesta es sí —exclama Keller mirando a los ojos a Dupont.

—Ansías la libertad, Keller. No esperaba otra respuesta. Nos vemos muy pronto. De momento no puedo entrometerme en las normas de la prisión. Supongo que vuelves a ese agujero, pero será por poco tiempo. Resiste. Dentro de dos días, a lo sumo tres, estarás con nosotros.

Jack Dupont deja a Keller en el patio. Al cabo de dos minutos, un funcionario de la prisión viene por él para volverlo a meter en la celda de aislamiento. Mira la puerta que da al patio, la misma que lleva contemplando cada mañana desde hace casi quinientos días, aunque no consecutivos, teniendo en cuenta los dos que ha permanecido fugado. Se dice a sí mismo que no volverá a pisar aquella cárcel y que hará cualquier cosa para lograrlo. Keller teme que la misión que le va a proponer la Interpol no será sencilla. «Esa dichosa banda, ¿quiénes serán?». En la cárcel no ha oído ningún rumor acerca de que se haya creado recientemente una banda así, de especialistas, pero es posible que él no conozca a la gente adecuada, la que conoce cada secreto y hasta el último rumor. En honor a la verdad, no se ha integrado bien en HM Brixton. Pasa más tiempo en la cámara de castigo que en su celda. Unas veces por intentos de fuga, otras por no obedecer las normas de la prisión. Mientras el funcionario va abriendo las sucesivas puertas para llevarlo hasta la celda de aislamiento, a Keller se le dibuja un esbozo de sonrisa ante la más que probable salida de ese centro penitenciario. «De todas formas, si la Interpol no me saca, tarde o temprano lograré fugarme de aquí para siempre».

Pero el funcionario no lo conduce por el camino habitual. Por ese pasillo no se llega a la celda de castigo, a la famosa «alcantarilla».

—¿Adónde me llevas? —quiere saber Keller.

—No seas impaciente, Keller, ahora lo verás. ¿No te lo imaginas? —dice Albert Bull, un hombre serio, estricto, pero apreciado por los presos gracias a no ser nunca cruel ni abusivo en el trato.

—Albert, prefiero no imaginarme nada cuando me alojo en hoteles como estos, no sé si me entiendes.

—Haces bien, Simon. Es mejor esperar y ver. No es mala táctica.

Albert conduce a Keller al despacho del alcaide de la prisión.

—¿Cómo estás, Simon? —pregunta Edward Simpson, el alcaide, un hombre de metro noventa, fofo, con una doble papada. Simon, la primera vez que lo vio, le calculó no menos de ciento sesenta kilos. Tiene los ojos diminutos, labios finos y una gran nariz aguileña.

—Ahora mismo, un poco mejor que hace una hora, si soy sincero.

—¿Tiene que ver con la visita de ese hombre de la Interpol?

—No, tiene que ver más con el agradable tiempo de Londres. Es tan cambiante...

—Simon, Simon, siempre tan sarcástico y juguetón. No puedes evitarlo, ¿verdad?

—Evitar qué —inquiere Keller.

—Eso, que no puedes evitar jugar, probarte a ti mismo, escaparte una vez sí y otra también, darnos, sobre todo a quien te habla, quebraderos de cabeza sin fin. Yo también estoy contento, Simon. Mucho. ¿Sabes por qué?

—Porque vamos a dejar de vernos, supongo.

—En efecto, pero eso no significa que no pueda verte, que te tenga manía ni nada por el estilo. De alguna manera, respeto lo que haces. El hecho de que quieras largarte de aquí dice mucho de ti. No te rindes, no te conformas. De todas maneras, tu actitud, tarde o temprano, te conduciría a la muerte. Algún día vas a matarte con esos saltos que realizas desde tan alto. Por amor de Dios, ¿de qué son las plantas de tus pies? Caes como los gatos, siempre bien.

—Práctica, Edward, nada más que eso. Pero me hago daño, no creas que es tan sencillo. A veces los pies me duelen durante días. Los gatos pesan muy poco.

—Eres muy delgado, Simon, supongo que eso ayuda.

—Con diez o quince kilos más tendría problemas, no lo niego, pero es técnica. Hay que saber caer.

—Bien, me han comunicado que acabas de aceptar una misión para la Interpol. No me han facilitado más información. No es asunto mío. Siguiendo las reglas de esta prisión, deberías volver a tu querida «alcantarilla». Sales para Francia dentro de tres días, que es lo que necesitamos para arreglar todo el papeleo.

—Por tu tono, deduzco que no voy a estar allí estos tres días —dice Keller.

—No, no vas a estar. Como te he dicho, no me caes mal. Quiero que tengas buen aspecto cuando te vea esa gente de Lyon. La celda de aislamiento no te sienta bien. Eres demasiado rebelde y te comes en exceso la cabeza ahí dentro, Simon, si me permites la expresión coloquial, como os gusta a los jóvenes.

—Gracias, Edward. Pero entonces, si no me tienes destinada «la alcantarilla» del demonio, ¿dónde voy a pagar mi castigo por la fuga?

—Después de tu primera fuga, hace más de un año ya, tuvimos aquí mismo una conversación, ¿la recuerdas?

—Como si hubiera sido ayer. Recuerdo todo —responde Simon.

—Me dijiste que lo único que no te desagradaba de Brixton es su biblioteca, ya que eres un ávido lector. Dijiste que no tenía nada que envidiar a la de la facultad de Medicina. Empezaste la universidad, incluso. Es una verdadera pena que hayas elegido este camino, Keller, pero eres así, tienes alma de ladrón. Así que, dado que te gusta tanto, tienes permiso para estar durante estos tres días en la biblioteca, las horas que quieras. Pero solo ahí. O eso o «la alcantarilla». Parece que temen que te metas en un nuevo lío y me han encargado que te vigilemos bien. Como sabes, la biblioteca es el lugar más alejado de todas las puertas. Te hago un favor y me lo hago a mí mismo, ¿entiendes? Así que, Simon, puedes darte un pequeño maratón de lectura, si lo deseas. Incluso comerás en la biblioteca, tú solo.

—Muchas gracias, Edward, no esperaba este trato. Esto me hace temer que la misión va a ser más peligrosa de lo que pensaba, si tienen tanto interés en que llegue en buenas condiciones.

—Conocen bien tus andanzas, Simon. Algunos de tus golpes han sido magistrales, desde el punto de vista del criminal, por supuesto. Como ese robo en la casa del embajador norteamericano —dice Simpson intentando aguantar una carcajada, sin conseguirlo—. Disfrazarte de camarero y robarle solo su colección de relojes mecánicos. Pero, hombre, ¿cómo se te ocurrió aquello? Cuarenta y cinco relojes, muchos de ellos de edición limitada, de incalculable valor.

—Jamás me han acusado de ese delito, Edward, ¿a qué viene esto?

—Vamos, Simon, todo el mundo sabe que ese golpe tiene tu sello. No pudieron probarlo nunca, lo sé, pero a mí no me la das. Me han contado bien cómo fue la escapada del ladrón a través de los tejados, sin utilizar ganchos, cuerdas ni nada de eso, a base de saltos, como los gatos. Fuiste tú. No pretendo tu confesión, pero sé que fuiste tú. Para escapar de la última azotea había que saltar desde seis metros... En fin, no haces daño a nadie, por eso te respeto, no usas la violencia.

—He saltado desde diez en alguna ocasión. Eso no habría sido tan complicado. Lo malo es que no era yo, lo siento.

—De acuerdo, Simon, como quieras. Suerte en tu nueva vida. Tendrás que andarte con cuidado. Espero no volverte a ver por aquí —dice Simpson tendiéndole la mano, que Simon estrecha con cordialidad y agradecimiento.

—Suerte también para ti, Edward. Por cierto, un favor por otro. Ándate con mucho cuidado con los hermanos Fergusson. Están planeando matar a alguien, pero no puedo decirte a quién, no lo sé. Es inminente.

—Caray, no había oído nada, pero muchas gracias por la información. Lo tendré en cuenta.

4

Tres días más tarde, al amanecer, se llevan a Keller, esposado, dentro de un furgón blindado y con las lunas tintadas. Lo trasladan en avión hasta la ciudad francesa de Lyon.

A media tarde, Simon Keller, acompañado de dos policías franceses y uno inglés, entra en el edificio que es la sede central de la segunda mayor organización internacional después de la ONU, la Interpol. Jack Dupont lo está esperando en su despacho, una habitación muy grande. Las paredes son de maderas nobles, la mesa es inmensa y está saturada de carpetas, montañas de papeles grapados y sueltos, lápices de todos los colores, dos plumas y alguna que otra revista (el dato no le pasa desapercibido a Simon) de coches. Dupont le ruega a Keller que tome asiento. Los policías no se han atrevido a quitarle las esposas. Esperan órdenes de Jack, pero este no se las da, por lo que Simon continúa esposado, algo que no le molesta en exceso.

—¿Qué tal ha ido el viaje? —pregunta Dupont, investigador en jefe de la Interpol.

—Con estos hierros en las muñecas, bastante mal, para qué voy a engañarte.

—Incluso con esposas, eres capaz de escaparte de cualquier escolta que te pongan. No las tenía todas conmigo, he pensado que te habría sido fácil escapar. Si no lo has hecho es, creo, porque te interesa el asunto que te propuse en Londres.

—No, de estos hombres no habría sido fácil huir. Ni lo he pensado, la verdad —alega Simon.

—Vayamos al asunto, Simon. Como te dije en el patio de esa prisión británica, tenemos un problema muy grave con este grupo, «Los Finos». Seguimos sin tener una sola pista, una vez más. Voy a darte más detalles, porque vas a necesitarlos. El último robo fue en el centro de Londres, en una de las joyerías más caras y prestigiosas de todo Reino Unido. No tocaron las joyas de las vitrinas ni las pocas que dejan en los escaparates, a pesar de ser caras. Fueron por las tres cajas fuertes. Sabían, los malditos, que había tres. Y lograron abrirlas sin problemas. No dejan nada roto, ni cristales ni muescas de nada. De ahí el nombre que les ha puesto Interpol. Son los ladrones más finos que hemos visto nunca. Ni un solo pelo, ni una sola hebra de la ropa, no sabemos qué calzado utilizan ni qué visten, pero todo parece especial. Son absolutos especialistas, unos genios del hurto. No sé si sabrás, Simon, la importante diferencia entre robar y hurtar.

—La conozco bien, Jack. Pero al principio has utilizado el término «robo» en lugar de hurto.

—Bueno, bueno —dice un Dupont muy molesto por ese pequeño error—, lo que te quiero decir es que no utilizan la violencia. Hurtan, de momento no han atracado, no han utilizado la violencia jamás, pero eso no significa que no puedan hacerlo si se les tuercen las cosas. Estoy convencido de que serán, además, expertos luchadores y buenos tiradores, pero no han necesitado demostrarlo de momento. Entraron por la azotea. Alguien, suponemos que desde un piso o algún vehículo cercano a la tienda, anuló todas las alarmas de la joyería, que cuenta con los últimos sistemas de seguridad, los más avanzados y caros del mercado. Tienen a un extraordinario experto en ordenadores que consigue desactivar, anular, abrir o cerrar cualquier entrada o salida que necesiten. De este tipo no tenemos tampoco una sola pista, pero apuesto a que es un adolescente. Cada vez son más jóvenes. Creemos que huyeron por las azoteas, a base de cables, arpones eléctricos o algo similar, como si fueran una especie de Spiderman, ese héroe de los tebeos que sacaba telarañas de sus muñecas. El botín es de muchos millones de libras esterlinas. La Policía de Londres está desbordada, tenemos a Scotland Yard llorando por las esquinas y mis superiores me están sometiendo a una presión brutal.

—¿Solo afanan joyerías de lujo? —pregunta Keller, cada vez más interesado con esa banda.

—Son capaces de llevarse cualquier cosa. Les gustan las joyerías, sí, pero pueden robar en mansiones de millonarios, llevarse documentos de importantes multinacionales e incluso han llegado a robar algún que otro cuadro en museos americanos. Bueno, creemos que han sido ellos, pero aquí hay división de opiniones.

—Hurtar, Jack, hurtar, no olvides esa pequeña pero importante diferencia —interrumpe Simon observando a Dupont con su mirada retadora de jugador y aventurero.

—De acuerdo, sí, ¡hurtar! Maldita sea, ¿para qué habré dicho nada? ¿Me vas a marear ahora con esa palabreja cada vez que oigas la palabra robo o robar? Eres muy picajoso, te gusta demasiado el sarcasmo y el juego, me temo.

—Soy así. Si mi carácter va a ser un problema, mejor devuélveme a Brixton de inmediato, ¿qué más puedo hacer?

—Escucha y no me interrumpas más, muchacho —dice Jack

Dupont en su más que correcto inglés británico, con un ligero acento francés en las erres como único defecto de pronunciación —. Hace unos meses robaron... hurtaron, en Tailandia una estatua sagrada de ese país. Como sabrás, son de oro puro. La Policía tailandesa no vio nada, no tienen testigos, no hay grabaciones. Parece imposible, porque está en medio de un parque muy conocido de Bangkok, pero lo hicieron. Hay muchas cámaras en ese parque, pero consiguieron manipular también eso. En todo momento se veía la estatua. Incluso varios días después se seguía viendo la estatua, que ya no estaba allí. ¡Son como demonios! No me había enfrentado con un caso así en toda mi vida. Hacen lo que quieren, como quieren y cuando quieren. Son invisibles, no dejan huellas, no hay testigos de nada. Esto que te voy a decir ahora es confidencial, no puede salir de estas paredes, Simon.

—Adelante —dice Keller animando al investigador en jefe a continuar.

—La Interpol está desesperada con este caso. Necesitamos cazarlos. El crimen está totalmente descontrolado, no damos abasto. Si al menos consiguiéramos un éxito con esta banda podríamos levantar un poco la cabeza.

—Bien, me voy haciendo idea de quiénes son estos simpáticos muchachos. Me caen bien desde ya, te lo advierto, Jack. No creo que mi misión sea cazarlos, pillarlos in fraganti ni nada por el estilo.

—Quiero que logres infiltrarte en la banda, que te propongan formar parte de la misma. Si hay alguien en Europa ahora con ese talento eres tú. No estoy seguro de que puedas hacerlo, pero sí sé que no hay otro con tus características. Tienes mucho en común con ellos. A veces has robado por el mero placer del riesgo, por ver si podías hacerlo, dándote igual el botín que te esperase en caso de tener éxito. ¿Me equivoco?

—Más o menos es como dices, sí, pero siempre hurtando, no robando —dice Keller tratando de sacar de quicio a Dupont con el filón que le proporciona la distinción verbal hecha por Jack.

Dupont se abstiene de hacer comentarios, sabedor de que no servirá para nada.

—Eres muy rápido, eres buenísimo escapando y saliendo de situaciones comprometidas. No has tenido apoyo de grupo alguno, por eso te han cogido a veces. Ellos están organizados. Necesitas llamar su atención. Una vez dentro, me tendrás informado de todos sus pasos, de sus planes, de dónde esconden los botines, si es que aún queda algo y no lo han lavado, que será lo más probable. Recuperar las miles de joyas es misión imposible, pero lo importante es pararles los pies, acabar con ellos, desmantelar la banda. Si lo logras, Simon Keller, serás libre para siempre. Conseguiríamos que se retiraran todos los cargos contra ti por colaboración extraordinaria con la justicia. Tenemos poder y abogados para hacerlo con facilidad, eso es lo más sencillo. No pisarías más una cárcel.

—Ser un infiltrado, un puto chivato de mierda... —dice Simon entre suspiros.

—Será un acto de redención, tómatelo así, chaval —le recomienda Jack.

—O eso o la trena para mucho tiempo —añade.

—No pienso volver, de ninguna manera. Voy a hacerlo. Será una putada para esos tíos, que parecen geniales en lo suyo, pero si logro infiltrarme, haré lo que me pides. Pero no por vosotros, sino por mí mismo. Por mi libertad, nada más que por eso. Quiero que os quede muy claro este punto.

—Es lógico. Sé que no nos tienes el menor cariño, como no te lo tengo yo a ti ni a ningún ratero como tú. En este caso, me eres necesario, nada más. *Do ut des* —dice Dupont pensando que Simon no entendería ese latinismo.

—Hoy por ti, mañana por mí; lo he cogido, tío. Me gustaba mucho el latín. Lo he estudiado a fondo. «Doy para que des» es la traducción literal —explica Keller, impresionando por un momento al frío policía.

—Lo dicho, has tirado tu vida por la borda, Keller. Es una pena. Pero eres muy joven, tienes solo veinticinco años. Me gustaría pensar que hoy vas a dar el primer paso hacia tu regeneración. Ojalá sea así, porque tienes talento.

—Bien, acepto. Pero quiero saber varias cosas: ¿qué medios va a proporcionarme Interpol para mi cometido? Me refiero a... no sé, dinero, coches, casas para esconderme, tarjetas...

—Has visto demasiadas películas, hijo. No hay nada de eso. Te llevaremos de vuelta a Londres y allí tendrás que buscarte la vida. Como eres un excelente ladrón, no necesitas nada. Tú mismo te aprovisionarás de lo que necesites, pero ten cuidado. No hagas tonterías. El objetivo es que se fijen en ti y, en principio, no me importa demasiado cómo lo hagas, pero no puedo cubrir todo, ya me entiendes. Tendrás que tener cabeza, y ahí no tengo tan claro que seas el adecuado, pero no me quedan muchas opciones más. Me he decidido por ti y mantengo mi apuesta.

—O sea, que me sacáis del trullo para que vuelva a delinquir, con tal de ahorraros unas libras o euros. ¿Ni siquiera vais a proporcionarme un teléfono desde el que pueda contactar contigo? Esto es ridículo.

—Acerca del dinero, se te proporcionarán algunos cientos de libras esterlinas al principio, para que puedas instalarte y busques algún sitio donde vivir, pero después ya no —aclaró Dupont—. Sobre el teléfono, se te va a proporcionar uno, pero no te vamos a dar ningún número para que nos llames, no es seguro, ese experto de «Los Finos» podría rastrear las llamadas. Yo te llamaré cuando quiera decirte algo. El cómo infiltrarte debe ser asunto tuyo, ahí no podemos ayudarte, ya que no tenemos ni idea ni de por dónde se mueven cuando no están robando.

Así termina la conversación entre Jack Dupont y Simon Keller. A Simon le quitan, al fin, las esposas, y lo llevan de vuelta al aeropuerto de Lyon, donde despegan, desde un avión privado, hacia Londres. En la capital del Reino Unido dejan a Simon en libertad, tras entregarle un sobre con dos mil libras esterlinas y un teléfono móvil nuevo propiedad de la Interpol.

5

«Los Finos» se encuentran en la localidad rumana de Râmnicu Vâlcea, una ciudad de unos cien mil habitantes situada en el centro del país, no lejos de la capital, Bucarest. Ellos conocen perfectamente que muchos de los jóvenes de Râmnicu, conocida por la Interpol como «Hackerville», es la ciudad del crimen cibernético. Desde ella se producen, a diario, grandes estafas por Internet. Es una zona pobre y agreste de Rumanía, pero en el centro de la ciudad florecen centros comerciales, tiendas de lujo, concesionarios de vehículos caros y muchas oficinas donde se recibe dinero en metálico, como Western Union. Y ese es justo el objetivo del grupo esta vez. Van a desvalijar varias de las oficinas de esta empresa, que están situadas, la mayoría, en dos calles paralelas.

Billy Edison conoce a muchos de estos jóvenes, ha hecho negocios con ellos en alguna ocasión e, incluso, ha impartido algún curso de informática avanzada para ellos, llevándose una extraordinaria remuneración por compartir algunos de sus secretos, precisamente en Râmnicu, por lo que conoce a la perfección la ciudad. Nadie sabe que él es miembro de «Los Finos». Billy es el encargado de anular todas las alarmas de las oficinas Western Union. Después, la apertura de las cajas correrá a cargo de Eric, Tony y Vance. Billy explicó al grupo qué sencillo iba a ser dar un golpe en una ciudad donde los delincuentes actúan por su cuenta, se esconden en casa de sus padres, son anónimos. No llevan armas, los ratones y el teclado de sus potentes ordenadores son sus pistolas. La policía no espera que nadie robe el dinero físico que llega a esas oficinas, que ha sido enviado hasta Râmnicu Vâlcea por *mulas* repartidas por todo el mundo, especialmente en Estados Unidos.

Al principio, Vance se mostró reacio, diciendo que no habría tanto dinero en esas cajas, que podían arriesgar mucho para llevarse poco botín, pero Billy le explicó la cantidad de millones defraudados en un solo día desde esa ciudad en todo el mundo, y eso convenció al jefe del grupo. Le dijo que solo necesitaba ver la ciudad: qué coches circulaban, qué tiendas había en medio de una región paupérrima, para convencerse de que allí el dinero se salía por las paredes de muchas casas. Como colofón, Billy había pensado entrar en la casa de los tres principales piratas de la red, los más ricos de Rumanía, vecinos todos de esa localidad. Él estaba seguro de que guardaban algunos millones en metálico en esas casas, que por fuera parecían humildes pisos de obreros.

La operación comienza a las tres de la madrugada. Billy, desde el interior de un coche alquilado por un tercero, desactiva al mismo tiempo las alarmas de tres oficinas de Western Union. Tony, Eric y Vance entran simultáneamente en sendas oficinas distintas. A los cuatro minutos están todos fuera, dejan las bolsas en el maletero del coche y se dirigen a otras tres oficinas de la calle paralela. La operación es la misma. Como sospechaba Billy, en una ciudad de ladrones no esperan que venga nadie a robarles a ellos, y las cajas fuertes son de risa para sus expertas manos. Repiten la operación, salen, introducen las bolsas en el maletero y se suben al coche. Billy no es un experto conductor, pero conoce la ciudad y está al volante. Llegan a la casa del primer *hacker* al que quieren desplumar. Se llama Alexandru Grigorescu. Aparcan el coche cerca del portal de Alexandru. Billy se queda dentro, por si acaso debe salir de ahí con el dinero o ha de dar la alarma en caso de una repentina llegada de la policía. Eric, como experto en cerraduras, es el encargado de abrir la puerta. Le dura diez segundos escasos. Entran los tres, él junto con Tony y Vance. Son tan silenciosos que Alexandru, que trabaja en su ordenador, ni siquiera los ha oído entrar. El rumano, que siente una presencia extraña, se gira de repente y ve, allí, en medio de su pequeño y destartalado cuarto, a tres hombres vestidos de negro de arriba abajo. Desarmado como está, se levanta presto de la silla, tirando el teclado y el ratón al hacer ese movimiento brusco. Alexandru es grande como un buey y boxeador aficionado.

—¿Qué queréis, quiénes sois? —dice Grigorescu en rumano, aunque sabe inglés.

—Ninguno de nosotros habla rumano, tío, lo sentimos. Si sabes algo de inglés, será mejor para ti, entenderás todo muy rápido y nos iremos enseguida. Contesta, ¿entiendes lo que te digo? —le preguntó Vance en un inglés bastante lento y claro.

—Entiendo bien el inglés, aunque hablo no tan bueno —contesta Alexandru.

—Eso está muy bien, Alexandru. Vale, ahora, sin perder tiempo, vas a sacar todo el dinero que guardas en casa y lo vas a meter en esta bolsa. Tienes treinta segundos para hacerlo. Si noto que quieres problemas, nuestro amigo Tony te dejará inconsciente y nos ocuparemos nosotros de buscarlo. Somos especialistas, lo vamos a encontrar. Así que creo que es mejor que nos lo des tú —explicó Vance con una sonrisa en la cara.

Alexandru miró a Tony y no le pareció rival para él. Estaba muy asustado, pero fingió parecer tranquilo.

—Os habíais equivocado, señores, guardo no dinero en casa, no hay nada —dice Alexandru.

Vance, con un gesto imperceptible, indica a Tony que puede ocuparse del rumano. El vietnamita Nguyen, que mide un metro sesenta y cinco y pesa setenta kilos, da un increíble salto de felino e impacta con su rodilla sobre la nariz del rumano, que cae al suelo con estrépito, con la nariz fracturada. Se levanta con rapidez e intenta golpear con uno de sus bestiales derechazos al pequeño oriental, pero es en vano. El puñetazo se pierde en el aire y, a cambio, recibe una brutal patada en el estómago que le deja sin resuello, tirado en el suelo. Alexandru entiende rápido que ese hombre es un maestro de artes marciales. Decide intentar salvar su vida. Es un gran *hacker* y podrá recuperar ese dinero en pocas semanas.

—*Ok*, vosotros ganáis —dice, con la voz entrecortada, mientras la sangre cae a borbotones de su nariz—. Tengo mucho dinero en ese armario, justo ahí detrás. Lo tengo todo junto, no hay más. Podéis matarme, pero todo está ahí.

Eric abre el armario y saca una bolsa negra de deporte muy vieja, larga. Abre la cremallera y una sonrisa de satisfacción se le dibuja en el rostro.

—Tres millones dólares, señores. Un poco más, tres y un poco algo —explica el rumano en su imperfecto inglés.

—Eso está mejor, Alexandru —dice Vance—. No queríamos hacerte daño. Te lo he advertido, pero has preferido ser un cabezota. Ahora vete a un buen hospital y cúrate esa nariz, no tiene buena pinta. Hasta otra, Alexandru.

El rumano quiere despedirlos con una fea palabrota en su idioma, pero se contiene, la piensa nada más. Algo le dice que el oriental se lo tomaría por las bravas. Se queda en el suelo, de rodillas, viendo cómo se llevan todo el dinero que guardaba en casa. «El dinero de seis años de trabajo. ¡Hijos de puta!». No siente el cuerpo de Tony, que se acerca por detrás y, con un experto movimiento sobre su cuello, lo deja inconsciente, pero vivo.

—Dormirá durante unas horas, Vance —dice Nguyen.

Vance explica a Billy cómo ha ido todo en casa de Alexandru. El botín sorprende a Billy, que no esperaba tanto.

—Ahora vamos a la mansión de Velkan. A este le gusta despilfarrar la pasta, es ostentoso, presumido, dicen que también es proxeneta de putas de lujo, que mueve por toda Europa. No creo que esté solo, no es un *hacker* al uso, como Alexandru o la mayoría. Cuidado con este —explica Billy al resto del grupo.

La mansión de Velkan está a las afueras de Râmnicu. Es un chalé de lujo, con columnas jónicas blancas, mármol y tejado de pizarra negra. Billy se queda otra vez en el coche y los tres buscan una entrada por una de las ventanas. Hay luz en todas las habitaciones y se oye música estridente, lo que beneficia a «Los Finos», que entran por una ventana tras forzarla. En un enorme salón, decorado con muebles italianos y jarrones de porcelana china, Velkan está sentado con dos mujeres desnudas sobre cada una de sus rodillas, que lo besan al mismo tiempo. A su alrededor hay más chicas, que esperan, ansiosas y desnudas también, su turno, mientras bailan provocativamente, tratando de excitar aún más a Velkan, que está desnudo de la cintura para arriba. Es grande y fuerte, pero tiene una prominente barriga. Luce cadenas de oro muy gruesas en el cuello.

—Siento interrumpir tan romántica velada en este agradable harén, pero los negocios son los negocios —dice Vance en inglés. De inmediato, una de las chicas apaga la música.

—¿Cómo habéis entrado aquí, cerdos? —pregunta Velkan en un perfecto inglés—. Tendré que sacaros las tripas por entrar en mi casa cuando estoy con mis niñas.

Las dos chicas que estaban sobre él saltan de su lado, asustadas, gritando. Se arremolinan todas junto a uno de los sofás, tapándose con las manos los pechos y buscando su ropa. Velkan introduce la mano derecha en el bolsillo del pantalón, buscando su pistola, pero Eric, que estaba detrás, se lo impide, cogiéndole el brazo y retorciéndoselo.

—*Chto ty ishesh', drug?* —dice Eric en ruso, pues muchos rumanos entienden el idioma.

—No busco nada, *koziól* —responde el rumano en inglés—, ¡suéltame el brazo, vas a partírmelo!

A Eric no le ha gustado el insulto en ruso del rumano. Lo levanta del diván y le golpea con el puño en el estómago, haciendo que se doble. Vance interviene antes de que el ruso acabe con el *hacker*.

—No hemos venido a hacerte daño. Queremos solo una cosa y nada más que eso. Tu dinero. Di ahora dónde está y aquí todos tan amigos. Vamos a llevárnoslo de todas formas.

—¿Creéis que voy a regalar mi pasta a tres mariquitas de playa como vosotros, con esa pinta de enterradores que lleváis? —les advierte Velkan entre risas.

—Nosotros no acostumbramos a perder el tiempo, payaso de feria —contesta Vance—; por eso, si nos lo dices, todos saldremos ganando. Nosotros en tiempo, que lo valoramos mucho, y tú en salud. Es todo lo que tengo que decirte. Ahora tú decides.

Mientras dice esto, Tony y Eric se han acercado al rumano y lo miran, esperando una posible negativa. Velkan trata de conseguir tiempo y ayuda de las chicas, todas prostitutas de lujo que trabajan para él. Ellas están en un rincón, no quieren participar y no se atreven a mirar a su jefe, al que ven en claros problemas. Con mucha rapidez, Velkan saca de su bolsillo la pistola, pero no le da tiempo a disparar a Vance. Nguyen le arrebata el arma de la mano con una patada. A continuación, lo deja noqueado de un golpe en la garganta. Eric y Vance suben al piso de arriba, en donde creen que puede guardar el dinero. Tony se queda vigilando el cuerpo inconsciente del rumano y la reacción de las mujeres. Las chicas, a medio vestir, están aterrorizadas y no tienen valor ni de gimotear. A los cuatro minutos bajan y, con un gesto de Vance, Tony los sigue a la calle.

—Setecientos mil euros y casi un millón de dólares. Excelente —informa Vance ya en el coche—. Seguramente tendrá más por ahí, bien escondido, pero ya hemos dado el cante demasiado. Urge salir de Rumanía.

—¿Vamos por el tercero? —pregunta Billy.

—No, Billy, no vamos. Es muy probable que sea fácil también, pero no hay que tentar a la suerte. Todo ha salido bien. Hay que saber retirarse. Salimos para Praga de inmediato. El botín es lo suficientemente grande. Ha merecido la pena, niño —dice Vance, al que a veces gusta dirigirse así a Billy, el menor de la banda.

Dejan el coche alquilado en un aparcamiento a las afueras de Râmnicu y suben al coche de Vance, un Mercedes último modelo con blindaje hecho en Alemania. Vance se pone al volante y cruza Rumanía, Hungría y Eslovaquia parando solo a repostar. En la frontera con Chequia, Eric, que ha dormido muchas horas, sustituye a Vance al volante y llegan hasta Praga, donde el grupo tiene una mansión que sirve de lugar de encuentro, descanso y, no pocas veces, para planear nuevos golpes. Es una villa de lujo, a las afueras de Praga, en la zona boscosa de Nižbor, donde viven algunos millonarios checos y alemanes.

6

Simon Keller está libre en el centro de Londres, la ciudad que lo vio nacer. Se le hace extraño deambular por sus calles, ya que no esperaba esta situación. La mera existencia de ese grupo de atracadores ha hecho que él esté ahora andando sin esposas. Aunque sabe que lo vigilan de cerca, puede ir adonde desee. Se crio en el exclusivo barrio de Belgravia, uno de los mejores del centro de Londres, donde viven ministros, políticos, banqueros... Él era un niño pijo, un niño bien de Londres que asistió a los mejores colegios de pago, pero que fue expulsado de todos. Su padre, un severo analista financiero de la City, con mucho dinero pero de familia humilde, no pudo soportar el comportamiento de su hijo y decidió darlo por imposible. Sus padres se separaron cuando él tenía trece años. A partir de ahí empezó a delinquir; primero con pequeños robos en tiendas, y más tarde, a medida que crecía, se especializó en entrar en las mansiones de sus vecinos ricos cuando estos estaban en sus casas de verano en el sur de Inglaterra. Cada mes recibía una asignación económica de su padre, pero la dilapidaba en dos días. Le gustaba la adrenalina que le proporcionaba salir a robar. En los colegios también hizo sus pinitos como ladrón. Ahora, mientras pasea por las calles de Belgravia, los recuerdos se le amontonan en la cabeza. Sabe que ha desperdiciado su vida y su talento, pero no se arrepiente. Ahora lo que necesita es conocer a los miembros de la banda y que se fijen en él. El objetivo principal es no volver a pisar una celda nunca. Le gusta la aventura, el riesgo, pero su aversión al encierro es muy superior a lo otro.

Ni siquiera sabe por dónde comenzar. Lleva casi dos años fuera de circulación, recluido, fugándose, cogido de nuevo y pagando duros encierros en celdas de castigo. No se siente en forma, tiene que empezar a hacer ejercicio. Entra en un *pub* de su barrio, el que quizá fue su favorito, pero ya no siente nada al traspasar el umbral de ese oscuro establecimiento. No ve una sola cara conocida. Mike, el dueño, que pasa más tiempo en la barra que sus dos camareros, lo saluda con afecto.

—Simon, qué bueno verte de nuevo por acá. Hacía tiempo que no sabía nada de ti.

—Hola, Mike. He estado... ya sabes dónde. Me han soltado antes de tiempo, por suerte —dice Keller acodándose en la barra.

—¿Por buen comportamiento?

—Más o menos, sí. En realidad, debo comportarme bien a partir de ahora, pero es una historia larga y aburrida. Ponme una pinta. No veo caras conocidas, y eso que el bar está lleno.

—Siento decirte esto, Simon, pero no te juntabas con buenas compañías. Algunos están muertos y otros, bueno, ya sabes... —dice el dueño remedando el eufemismo de Simon para referirse a la cárcel.

—Es muy triste, Mike. Me siento extraño, Londres no me parece la misma ciudad. Quizá sea yo el que ya no sea el mismo, no lo sé.

—Eres joven y siempre has sido más listo que otros, al menos ibas por tu cuenta. Un tabernero, como soy yo, de pura cepa, está siempre al tanto de todo si sabe utilizar sus oídos. Me llevo muy bien con tu padre, es un buen hombre. Hemos hablado mucho de ti. Cuántas veces se ha marchado a casa con lágrimas en los ojos ante lo que consideraba su gran fracaso, su único hijo. Sé que no soy nadie, Simon, para hablarte así; nunca lo he hecho, pero ya que dices que te sientes extraño y que quizá hayas cambiado, quiero decirte que eres muy joven, estás a tiempo. Deja ese mundo. Ya sabes adónde te conduce. Trabajar es duro, claro que sí, y aburrido, no sabes cuánto, pero puedes dormir tranquilo. La conciencia te deja en paz. Eso vale mucho, hijo, no te lo imaginas. Tú ahora sabes más de eso que antes, supongo. Bueno, cuéntame, qué planes tienes ahora que estás libre de nuevo.

—Como te he dicho, querido Mike, portarme bien. Solo eso, de momento.

—No es poco, hijo, de verdad que no. Me alegra oír eso de ti. Trata de hacerlo.

—¿Qué te debo por la pinta?

—Paga la casa. Hay que celebrar que Simon Keller va a cambiar de vida. Apuesto por ello —dice Mike, un hombre de casi setenta años, con un brillo especial en sus verdes y pequeños ojos.

—No apuestes demasiado fuerte por mí, Mike. Te decepcionarás, como mi padre —contesta Keller con una repentina tristeza, pasando el dedo índice por la pulcra barra de madera marrón oscuro, con la mirada perdida.

—Los jóvenes de hoy solo necesitáis una cosa, confianza en vosotros mismos. ¿Por qué la habéis perdido tantos de vosotros? No hay guerras, como antes, no hay hambre, más o menos tenéis trabajos, aunque no sea fácil conseguirlos ni os paguen demasiado. Lo tenéis todo, y solo queréis problemas, drogas, peleas, líos, delitos... ¿Qué demonios os está pasando? Apuesto por ti, Simon, lo repito. Tienes la inteligencia suficiente como para saber que solo depende de ti. Te deseo suerte, amigo.

Simon salió del *pub* sin mirar a Mike. Después de sus palabras, no podía encarar su mirada de hombre honrado.

Tras abandonar el bar pasea por Londres, pese a la pertinaz lluvia que cae, incansable, sobre la capital. Piensa en las palabras que acaba de decirle Mike. Es cierto que decidió escoger un camino no muy ortodoxo, con aventuras continuas, robos, alguna que otra estafa... Ni siquiera tiene novia. Cuando estaba libre tenía las chicas que quería. Su rostro agraciado, unido a su natural simpatía e inteligencia, hacía que las mujeres se fijasen en él. Pero en cuanto entraba en la cárcel las chicas se evaporaban como el agua de lluvia en verano. Ya no está preso en una celda, pero no se siente libre. Resulta que tiene que hacer el trabajo de otros porque ellos no son lo suficientemente buenos como para hacerlo. «Sacar las castañas del fuego a la pasma es justo lo que me faltaba por hacer en esta vida». Se hace tarde y decide alojarse en un hostal barato del este de Londres. Por fortuna le han devuelto el pasaporte, por lo que podrá registrarse. Londres es un mosaico de caras y ropajes extranjeros. Para él siempre ha sido así, pero nunca se había parado a pensarlo. En su hostal es muy probable que solo él sea inglés. Al menos el barrio está en silencio a esa hora de la noche. Tras su encierro, la ciudad le parece en extremo ruidosa, acostumbrado como estaba al silencio de las muchas horas que pasaba en celdas de castigo. Necesitaba el silencio para descansar.

7

Son las ocho de la mañana y suena el móvil de Keller, el que le fue proporcionado por la Interpol. Solo puede ser Jack Dupont, piensa Simon.

—Dime, Jack —contesta Simon medio dormido.

—Buenos días, Keller. ¿Cómo van tus pesquisas? ¿Te has enterado de algo?

—Maldita sea, Jack, si tus agentes me dejaron en Londres a media tarde de ayer, ¿qué coño voy a saber? Las pocas libras que me disteis se van a acabar pronto. He tenido que venir a dormir a una pensión de mala muerte en un barrio alejado del centro. No tengo ni dónde vivir. Por si no lo sabéis en la Interpol, me quitaron mis dos pisos del centro; para indemnizar a mis víctimas, dijeron, y de mis cuentas mejor ni te hablo. Me lo han robado todo. Así que estoy sin blanca, soy como un mendigo. Y no, Jack, no tengo una sola puta idea de qué hacer ni cómo buscar a esos tíos. Simplemente no sé por dónde empezar. Al menos podríais haberme informado de algún barrio por el cual empezar. Supongo que conoces la bestial extensión que tiene esta ciudad. Puedo encanecer antes de encontrarlos.

—Calma, Simon, estás nervioso, es normal. Acabas de salir de forma inesperada y no sabes cómo gestionar tu recién adquirida libertad.

—Pero ¿qué gestionar ni qué ocho cuartos? No pienso estar así, con esta incertidumbre, ni un día más. Es posible que no volvamos a vernos, Jack. Creo que esto ha sido un gran error, no tiene sentido. Aunque algún día consiga dar con ellos, no veo probable que quieran aceptarme en su grupo.

—Te recuerdo que estás vigilado, Simon. Sé exactamente dónde estás, no hace falta que me digas el nombre del hostal, yo te lo digo. Se llama Four Chairs. No puedes escapar, no creas que están vigilándote dos tíos barrigones y mayores de los que podrías zafarte con facilidad. Tengo a algunos de mis mejores hombres en esto, te lo advierto. No te imaginas lo que he tenido que hacer para sacarte de esa prisión. Estás considerado como muy peligroso debido al alto riesgo de fuga. Después de lo que he hecho, ahora no vas a decirme que lo dejas, o que prefieres volver a la cárcel. No, esto no funciona así, Keller. Vamos, puedes hacerlo, tu libertad está en juego, ¿no lo entiendes? Más temprano que tarde, sé que podrás localizarlos, no te faltan recursos. Lo más difícil es, lo reconozco, encontrarlos, pero tienen que vivir en Londres, al menos durante alguna temporada. La mayoría de sus golpes los dan ahí, en tu ciudad. La única pista que tenemos, aunque no sé si llamar a esto una pista, pero bueno, es que corre el rumor de que son jóvenes de clase alta que buscan emociones fuertes. O sea, que parece que son como tú, Keller. Es posible que el rumor sea cierto, pero no lo tomes como un hecho probado, de momento. Es lo único que tenemos, no puedo decirte nada más para que empieces. Como comprenderás, si tuviera más pistas, no te habríamos sacado de tu querido agujero.

—De acuerdo. Necesito un sitio para vivir, no un hostal. Las pocas libras que me habéis dado las voy a emplear en comprar el equipo que necesito. Por cierto, no estaría mal que me dejarais un vehículo, algún coche un poco decente para moverme por ahí. Son ladrones de lujo, si voy en bicicleta a los sitios, lo sabrán y parecerá muy sospechoso. Solo pido eso, algún lugar en donde vivir y un medio de transporte para moverme con libertad. Tiene que parecer que manejo pasta, hombre.

—Estamos en ello, Keller. Te he llamado para decirte justo eso. Esta misma tarde estará lista una casa en las afueras. Habrá también un coche. Deja de quejarte como un crío y actúa. Te estamos dando todo. No me vengas con negativas y con caprichos de adolescente, ya no lo eres. ¡A trabajar! Volveré a llamarte pronto.

—¿Por qué llamas con número oculto? Yo no puedo llamarte a ti si ocurre algo... —Jack deja a Keller con la palabra en la boca, ha colgado.

—Malditos maderos...

8

A Keller le llega un mensaje de texto a través del teléfono en el que se le indica dónde recoger, en una oficina de correos, un sobre que contiene la llave de una casa y la dirección de la misma. Se presenta en la dirección esa misma tarde. La casa está en la localidad de Camberley, al suroeste de Londres. Es una casa pequeña y bastante vieja pero apartada de otras viviendas, ideal para los planes de Simon. Le cuesta abrir con la llave. Cuando está a punto de entrar a su manera, la cerradura cede y un fuerte olor a cerrado, mezcla de polvo de muchos meses y madera vieja, invade sus fosas nasales. Es de una sola planta, pero tiene un garaje más que aceptable en donde, bajo una lona gris sin gota de polvo, le espera un potente todoterreno Toyota, no nuevo aunque sí en buen estado. La llave del coche venía en el mismo sobre. Simon quiere comprobar si arranca: abre la puerta derecha, se sienta al volante y gira la llave de contacto. El motor está perfecto. Lo apaga y entra en la vivienda a través de una puerta interior. La casa apenas tiene muebles, el frigorífico está vacío y desenchufado. Un rápido vistazo al garaje le dice a Simon que tendrá que gastarse bastante dinero en las herramientas que va a necesitar para su plan. Con las libras de la Interpol solo tiene para empezar, se dice.

Sube al vehículo y sale de la casa. Busca un supermercado cercano y compra comida para varios días. Cuando deja todo metido en el frigorífico, a las siete de la tarde, ya de noche, sale hacia Londres. En una exclusiva tienda de Bond Street se compra un traje Brioni de dos mil libras que le sienta como un guante. Ante su simpatía, el vendedor le regala una bonita corbata de tonos claros que combina a la perfección con su traje azul marino. En la misma calle se gasta otras quinientas libras en unos zapatos con hebilla doble en piel granulada de Hugo Boss. Apenas le queda dinero, por lo que abandona la idea de adquirir un reloj ostentoso que vaya a juego con la cara ropa.

Simon comienza a trabajar. Lo que no sabe la Interpol, ya que nunca ha sido sorprendido in fraganti, es su maestría como carterista. Él sabe que es uno de los mejores y más rápidos de Londres. Con su carísimo traje, va entrando en los *pubs* y restaurantes más costosos de la zona de Mayfair. Las mujeres lo miran con descaro. Es un hombre de un metro ochenta, sin un gramo de grasa, con hombros anchos y cintura muy estrecha, delgado pero atlético. Más de una mujer le ha llegado a decir que era el hombre más guapo de toda Gran Bretaña. Él no lo cree, pero a su ego no le molesta oírlo de vez en cuando. En cada establecimiento coge solo una cartera. Aunque le sería fácil hacerse con cinco o seis, a él lo que le gusta es el juego, el riesgo, la aventura.

No es un carterista al uso, de los que cogen el dinero y corren. Simon Keller tiene otro método. En cuanto surge la situación ideal, un pequeño embotellamiento entre barra y mesas, para pasar sus ágiles dedos, el índice y el corazón hacen la pinza y nadie nota nada. Pero Simon va más allá. Lo que le gusta de veras, además de las libras frescas que se embolsa, es devolver la cartera al dueño sin que se percate. A veces entra al baño para sacar el dinero, y otras, cuando se siente en forma, puede hacer todas las maniobras en pocos segundos, delante de todos, como si mirara su propia cartera, pues nadie sospecha nada, y, en otro embotellamiento, volvérsela a introducir a la víctima. Cuando devolverla se hace difícil, la deja cerca de su mesa, como si se le hubiera caído. Para cuando se percatan, él ya está lejos.

Siete horas de intenso trabajo le reportan cuarenta y tres mil libras esterlinas en billetes. No es que sea solo el carterista más hábil y rápido de Londres, sino que además es el que mejor ojo tiene para seleccionar a las víctimas. Jamás falla un solo objetivo. Todas las carteras «requisadas» estaban repletas. No pocas de ellas eran de mujeres. No ha querido quedarse con una sola tarjeta de crédito. No tiene tiempo para buscar a su contacto, quien se las compraba a buen precio, porque en su situación actual podría perjudicar sus planes.

Satisfecho, regresa a su nuevo hogar, la casa de Camberley. En realidad ha trabajado solo cinco horas, pues durante las dos últimas estuvo más ocupado con una preciosa joven de diecinueve años que lo abordó en una discoteca mientras esperaba que le sirvieran su consumición. Conduciendo de vuelta a casa, bajo una fina lluvia, rememora la conversación con esa mujer de cara angelical.

—Nunca te había visto por aquí, don guaperas.

—No entiendo bien la frase, doña feúcha.

—Hum, vale, entendido, hombre. O estás con tu novia o eres del otro lado.

—No das una. Tienes unos ojos divinos. No parecen lentillas, pero ese color... no es habitual.

—Son míos, lo sé. Muchísima gente me dice que no es posible que sean de verdad.

—Es un tono entre añil y morado que no puedo dejar de mirar.

—Te gusta el color de mis ojos, pero soy feúcha. Es una paradoja interesante.

Keller mira con descaro su rostro, deteniéndose en la boca. Tiene labios no muy gruesos, pintados de un leve rosa que le favorece. Su pelo es rubio natural, con grandes bucles que le caen hasta media espalda. Lleva un vestido de noche con escote en triángulo. Tiene la nariz pequeña y respingona, y el cuello largo y esbelto. Está prendado por ella. Casi dos años sin tocar a una mujer... Intenta no pensar en lo que implica esa frase. Trata de centrarse en la cantidad de billetes que lleva encima. Es peligroso quedarse ahí, tras la cantidad de carteras que acaba de dejar limpias de libras inglesas.

Pero Simon es así, no puede evitarlo. Ni siquiera le responde a su última frase. Acerca sus labios a los de ella y la besa con lentitud y pericia. Lo que más le gusta del mundo a Keller es besar a una mujer hermosa. Ella al principio se muestra sorprendida, pero acaba aceptándolo encantada. Simon no se da cuenta de que está empezando a atraer la atención más de lo debido. Su ansia por ese cuerpo joven y turgente, tras la obligada abstinencia de tantos meses, está haciendo que la chica pierda el control. Se recompone y decide buscar un diván apartado en donde seguir besando a esa beldad.

—Ni siquiera sé tu nombre —dice ella mientras andan hacia el fondo de la discoteca.

—No tienes que saberlo, al igual que yo no quiero saber el tuyo. Es mejor así. Tú no estás sola, sé que tienes novio, lo noto, no me digas como lo sé, pero no puede ser de otra forma. A pesar de ello, te dejas besar por mí. No te preocupes, no voy a ir más allá, pero me apetece besarte más, seguir besándote hasta que nuestros labios nos duelan.

—Sí, tengo novio, y nunca antes lo había engañado, pero no he podido resistirme. Eres el hombre más...

—Chisss, silencio, no digas nada —le corta Simon sabiendo bien cómo continuaba la frase, oída cientos de veces por chicas tan guapas o más que esa, y sobre todo, por mujeres maduras.

Keller está con la joven durante hora y media. De repente se levanta, se ajusta la corbata y, tras besar a la rubia en el dorso de la mano, se despide de ella con una sonrisa y un par de palabras.

—Gracias, diosa.

Ella está demasiado sorprendida como para reaccionar. Cuando consigue salir del sopor, trata de seguirlo para darle su número, para hablar con él por última vez, pero ese hombre ya no está. Ha desaparecido entre la masa de personas que abarrotan la discoteca.

Simon se dice que al día siguiente irá a buscarla al mismo sitio. Se ha quedado con ganas de más, pero no era seguro permanecer tan cerca de la zona donde acababa de aligerar tantas carteras.

Por la mañana, temprano, se dedica a hacer un montón de compras en diferentes tiendas de la capital. Más de la mitad del dinero robado se le va en la compra de herramientas y ropa especial que necesitará cuando comience la acción. Por la tarde queda con su amigo Robert Burns, un experto mecánico que trabajaba a veces como preparador de coches para escenas de acción en las películas. Keller, matando dos pájaros de un tiro, queda en la discoteca donde conoció a la guapísima joven con la que se besó. Robert ya estaba allí, con una copa de ginebra en la mano.

—¡Cuánto tiempo, Simon, cabronazo! Pero ¿dónde te habías metido? Te he llamado varias veces, y siempre lo tenías apagado —dice Burns, un galés moreno con una incipiente calva, delgado y de ojos vivos que se mueven muy deprisa.

—He estado por «las alcantarillas», Bob —dice Simon luciendo su mejor sonrisa.

Robert no entiende la broma, pues desconoce del todo el mundo carcelario. Jamás ha pisado una prisión. Ganaba lo suficiente como para no ser tentado por el mundo del delito.

—Pues te habrás puesto de mierda hasta arriba —replica, tratando de seguirle la broma a su amigo.

—No te puedes imaginar hasta qué punto, tío. Bueno, dime, ¿sigues siendo el mejor preparador de coches de Londres o algún aficionado te ha quitado el puesto?

—No sé si el mejor, pero sigo siendo rápido, ya lo sabes —contesta Robert, entendiendo en ese mismo instante que Keller va a proponerle algún trabajo.

—Te necesito, Bob. Siento esta precipitación, pero es urgente.

—Dispara, ¿para qué soy bueno?

—Hay que reforzar un coche, sobre todo por la parte delantera, pero no estaría de más tocar un poco también los flancos. Quiero que sea más parecido a un tanque que a un todoterreno —explica Simon, que a esas alturas de la conversación ha concitado ya la mirada de casi todas las féminas de la discoteca, a pesar de que no lucía el caro traje del día anterior, sino unos vaqueros viejísimos, una camiseta blanca y un jersey de cuello alto de lana. Recién afeitado, los ojos de las mujeres pueden apreciar mejor la perfección de los rasgos de ese rostro que parece haber sido esculpido por el mismísimo Miguel Ángel Buonarroti.

Robert Burns permanece unos segundos en silencio, mirando a su amigo.

—Tengo mucho trabajo ahora, Simon, tío, de verdad. Me encantaría ayudarte, pero tendrás que esperar unas semanas, quizá tres, o puede que cuatro, no lo sé. Estamos al final del rodaje de la última de James Bond y me necesitan todo el tiempo. Hoy he podido quedar contigo porque el director se ha tenido que ir, parece que tiene gripe o algo, pero mañana a las siete de la mañana ya estoy en el tajo.

—No puedo esperar, Bob. ¿Cuánto tiempo necesitas para este trabajillo mío?

—En un día y medio, máximo dos lo tienes, con la herramienta adecuada, que no sé si tendrás.

—Hazme una lista y mañana a primera hora lo tienes todo en el garaje.

—No puedo, Simon, de verdad, no puedo perder mi trabajo de esta manera. Me echarían.

—Di una cifra —insiste Keller, retador, mirando al mecánico a los ojos. Simon sabe que la debilidad de Burns es el dinero.

—Simon, hombre, me pagan bastante bien, es una gran productora, están forrados...

—Sé que mañana por la noche lo puedes dejar acabado, te conozco. Te lo repito, di una cifra y esta misma noche tendrás ese dinero en tu cartera.

—Eres un buen tío, Simon, y te aprecio, no se trata de dinero.

—Sí se trata, Bob, hombre, claro que se trata de eso. Vas a perder un día de trabajo y quizá te lleves una pequeña bronca, pero como eres el mejor, y eso lo saben ellos igual que lo sé yo, no van a dejarte escapar por nada del mundo. Por eso, dime, qué cifra compensa ese pequeño mal rato que vas a pasar con los jefes.

—No estoy seguro de poder hacerlo en un día. Dime un poco más, para qué quieres ese blindaje especial —dice el mecánico, dudando.

—Es para un alunizaje, pero no voy a robar nada, así que

no te preocupes, es solo para llamar un poco la atención. Es otra de mis aventuras. Quiero hacerlo, me apetece, nada más. Pura y simple diversión; sabes lo loco que estoy.

—No me sorprende lo más mínimo, pero sí, estás más loco de lo que creía, mi pobre Simon. ¿Cuándo vas a sentar la cabeza?

Keller miró a dos chicas que no paraban de observarlo a él, estaban en la misma barra que ellos, a unos siete metros a su derecha. La morena era preciosa, tenía ojos verdes y un cuerpo de escándalo. La segunda debilidad de Burns eran las mujeres bonitas. No tiene éxito con ellas, a pesar de que su sueño era enamorar a una chica guapa.

—Venga, Bob, di ya la cifra. Como incentivo, te propongo una cosa. Supongo que te habrás percatado del pedazo de tía que tenemos a la derecha. La rubia, la amiga, está bien, pero la morena es una diosa del Olimpo.

—¿Qué crees que he hecho mientras te esperaba? No podía mirar a otra parte —reconoce Robert.

—Pues esas dos van a venir aquí dentro de unos segundos, amigo, y tú vas a enrollarte con la guapa, con la morenaza. ¿Qué te parece?

—Venga, Simon, no me vaciles con este tema. Tú eres el guaperas de la ciudad, todo el mundo lo sabe, consigues las chicas que quieres, pero yo, en cambio... No, a mí ni me mira, no te quita ojo a ti.

—Eso no importa. Yo voy a ser un memo y tú el guay de los dos. Limítate a ser tú mismo, del resto me encargo yo —dice Keller—, pero antes dime la cifra, necesito saberla.

—Tú ganas, joder, vale, ocho mil libras, no puedo por menos.

—Como estas —dice Simon mientras va sacando de su bolsillo billetes de cien libras hasta completar las ocho mil pactadas.

Robert Burns se queda con la boca abierta, pues no esperaba que su amigo aceptara la cifra, que más bien había dicho para que le dejara en paz con ese extraño asunto. Ya no podía echarse atrás. Keller hace un gesto a las chicas con la cabeza. Ellas, riendo, se acercan enseguida.

—Buenas noches, chicas. Mi colega y yo hemos decidido invitaros a lo que queráis —dice Keller sacando su mejor sonrisa, que suele ser irresistible para la mayoría de mujeres.

—Este sitio no es precisamente barato, chicos, pero gracias —dice la rubia, una atractiva chica de unos veinticinco años, de ojos azules y largas piernas acentuadas por los enormes tacones de sus zapatos de marca.

—Paga él —dice Simon mirando a Robert, al tiempo que le guiña un ojo para que comprenda que es parte del plan.

—Bob tiene pasta, mucha. En cambio, yo estoy sin blanca. Pero ya le he dicho que el dinero no consigue todo en esta vida, ¿verdad, Bob? Acabo de apostarme mil libras con él a que su dinero no consigue nada con chicas tan preciosas como vosotras. No parecéis de esas.

A las jóvenes, que han estado mirando a Simon como dos adolescentes, les cambia la cara ante la impertinencia de ese joven tan guapo.

—Si no parecemos de esas, dinos, chico listo, ¿de qué tipo parecemos?

—No sé, decídnoslo vosotras, niñas. De momento, habéis aceptado la invitación, por lo que me temo que quizá me haya equivocado —contesta Simon.

La guapa morena mira a Keller con estupefacción, entendiendo que no es más que una cara bonita sin cerebro. La estratagema de Simon funciona a la perfección y la chica decide ignorarlo a él y prestar toda su atención en su amigo Robert. Simon, para reforzar el rechazo de la joven hacia él, decide meter más cizaña.

—Has estado mirándome sin parar y ahora finges que no te intereso. Además de interesada eres hipócrita, parece que lo tienes todo. Solo falta que cuando te enteres de que Bob trabaja en el rodaje de la última película de James Bond decidas que al que en realidad mirabas era a él, como si lo viera.

—¿En serio, Bob? —pregunta la joven con sincera admiración, mirando solo a Burns.

—En fin, yo me voy, Bob, no soporto a las creídas. Nos vemos mañana, tío.

—Simon, mañana a las siete en punto lleva el coche a mi casa. Tú ganas —dice Bob, feliz como nunca ante la posibilidad, más que real, de llegar a algo, por primera vez en su vida, con una mujer de rompe y rasga.

—Aquí el único creído eres tú, estúpido —dice la morena.

—Guapo eres, no se puede negar, pero no tienes nada más, bonito —añade.

Simon sale de la discoteca dejando a su amigo con las dos chicas.

9

A LAS SIETE en punto de la mañana, Simon hace sonar el timbre de la casa de Robert. A los pocos segundos, un radiante rostro abre la puerta. Burns se abraza con Simon.

—Tío, joder, eres una bomba, eres el mejor. Gracias por lo que has hecho. Mañana por la noche hemos quedado para cenar. Estuvimos hablando toda la noche, es una chica sencilla y maravillosa. Y físicamente no hace falta que te diga nada… pasa, pasa, Simon.

—Bueno, parece que todo fue bien entonces.

—Más que bien. Qué artista eres. Al principio no entendí bien la jugada, creí que echarías todo a perder y que se irían, pero querías que te odiara y que me utilizara a mí para vengarse. Lo conseguiste. Solo así se fijó en mí, pero creo que le intereso, aunque sea un poco.

—No seas modesto, Bob, hombre, eres un tío guay e interesante, claro que sí; una buena persona, que ya es mucho. Tienes que tener la misma seguridad que cuando manejas uno de tus vehículos. Lo vas a hacer bien y todo va a salir a pedir de boca. Y saldrá, ya lo verás.

—No sé cómo agradecerte esto, amigo. Helen podría ser la mujer de mi vida, yo creo que sí, pero es tan pronto...

—Solo tienes que hacer lo contrario de lo que hice yo ayer.

—No te entiendo, Simon, ¿lo contrario?

—Sí, hombre, no fui yo mismo, fingí un personaje; un estúpido engreído y faltón. Cuando no eres tú mismo, todo acaba yéndose al garete. Eso es siempre así, no falla —aclara Keller.

Robert se queda mirando a Simon con la boca abierta.

—Lo que quiero decir, Bob, es que no prepares nada para esa cena, no pienses que vas a decir esto o lo otro. No pienses nada. Te gusta, te encanta, ¿no? Pues ya lo tienes todo. No hace falta nada más. Es todo bastante más sencillo de lo que parece, pero la belleza de algunas *pibitas* hace que nos compliquemos la vida nosotros solos. Aprendí esto hace muchos años. Solo había que darse cuenta. Y si quieres de verdad agradecérmelo, empecemos a preparar este cacharro para que sea capaz de embestir con éxito contra un muro de hormigón y no me mate en el intento.

—¿Qué te propones, Simon?

—Te enterarás de todo a su tiempo, amigo, no te preocupes. De momento no puedo contarte más. Estoy metido en algo gordo y peligroso.

—De acuerdo. Empecemos, pues.

Trabajan durante todo el día con el todoterreno de Keller. Burns está sorprendido de la pericia de Simon con las herramientas. Por la noche, cuando dejan todo listo, Robert abraza de nuevo a Simon.

—Has sido un magnífico ayudante, tío. Eres bueno con las manos; mucho. Y rápido. Si ese asunto peligroso no sale bien, siempre podrías ganarte la vida de esta forma. Yo podría encontrarte curro. Eres muy fino trabajando.

—Habrá que ver qué ocurre. No lo descarto, Bob. Conmigo nunca se sabe... Lo he pasado bien viéndote en acción. No me extraña que te valoren tanto. Por cierto, ¿te has llevado buena bronca por no haber aparecido hoy por el rodaje?

—De eso quería hablarte, Simon. Aquí tienes tu dinero. Hoy se ha suspendido todo. Parece que hay una epidemia de gripe. Al director se suman ahora el productor ejecutivo, el director de fotografía y no sé quién más. Han decidido parar dos días. No tiene sentido que acepte tu generosa suma.

—Lo que acabas de hacer, en tan poco tiempo, con el coche, Bob, vale eso y más. Así que no se te ocurra darme nada, porque te lo has ganado.

—Insisto, Simon, no lo quiero. Helen es muchísimo más valiosa que ocho mil cochinas libras.

—Necesitarás dinero, Bob. No pienso coger una sola libra. Ahora vayamos a tomar unas cervezas, invito yo. Y no se hable más del maldito dinero.

❧

Centro de Londres. **Un día después**

Es de noche en la ciudad del Támesis. El centro londinense es un hervidero de gente. Los bares y restaurantes están llenos. De repente, un fuerte impacto destroza los vidrios de una conocida joyería. Un todoterreno se ha estrellado con fuerza contra ella, tras haber arrancado de cuajo dos pivotes fijos que había en la acera. Un hombre se baja del vehículo con una máscara blanca puesta. Coge todas las joyas que puede, las mete en una pequeña mochila negra y, en cuanto oye las sirenas de la Policía, emprende la huida. El coche funciona bien, tiene apenas daños pese al brutal impacto. Bob ha hecho un trabajo excepcional. El día anterior, mientras

Burns trabajaba con el refuerzo de la parte delantera, él se ocupaba en instalar más potencia al motor, con dispositivos de nitrógeno líquido y otros trucos. El todoterreno sale de allí a una velocidad moderada. Keller quiere que los coches patrulla de la Policía lo alcancen poco a poco. Recorre varias calles, mientras, aumenta la velocidad, al tiempo que van cercándolo los coches patrulla. Cuando tiene a cinco de ellos rodeándolo por todos los carriles de una gran carretera que ha sido cortada al tráfico para cazarlo, Simon empuja una pequeña palanca instalada junto al volante y el vehículo sale disparado como un cohete, a más de 200 kilómetros por hora, echando llamaradas por el tubo de escape. En cinco segundos ha perdido a todos los coches que lo persiguen. El helicóptero de una potente y conocida cadena de televisión, a la que siempre le dan el chivatazo oportuno, está grabando la persecución desde el aire y emitiéndola en directo para todo el país.

—Vamos, niños, ¿no podéis? —dice Simon, mirando a través del espejo interior del coche, con la adrenalina corriendo a raudales por sus venas. Sabe que puede salirle todo mal, que ni siquiera la Interpol lo salvará si no consigue escapar, pero el disfrute de esos segundos es para él la eternidad, los vive con delectación suprema.

La persecución continúa. Ya son quince los coches patrulla que lo van cercando. Desconecta el nitrógeno para que se le acerquen de nuevo. La pericia de Keller al volante sorprende a los policías. Con un vehículo que no está diseñado para hacer rápidas maniobras, como el todoterreno, les saca varios metros en cada curva que traza. Evita en el último instante farolas, coches aparcados y embestidas de los coches patrulla. Les está haciendo sudar sangre, no consiguen rodearlo. Cuando parece que lo tienen, embiste a uno o dos coches, a los que deja fuera de juego, y continúa la marcha. Le disparan a los neumáticos, pero no logran que las ruedas revienten.

Tienen algún tipo de protección. Los policías ingleses están desconcertados. Muchos han tomado cursos de conducción deportiva para mejorar en las persecuciones, pero no logran darle caza. La conducción de Keller es, simplemente, magistral.

Toda Gran Bretaña sigue la persecución a través de la televisión. Nadie quiere perderse el fin de esa aventura. Incluso en un lujoso restaurante del centro de Londres, tanto comensales como camareros han dejado todo para seguir la fascinante caza policial, grabada desde el aire.

—Robert, ¿quién será ese tipo? Pero si va con un todoterreno, y esos cacharros no son tan rápidos, ¿cómo podrá hacerlo?

Burns, que sabe qué vehículo es y, sobre todo, quién maneja el volante, solo puede decir:

—Helen, hay gente para todo. Quién sabe, pero no cabe duda de que ese tipo conduce como un piloto. Está jugando con ellos —dice sin poder evitar una sonrisa de admiración por su amigo.

—¿Tú crees? Pensaba que estaba teniendo suerte, pero puede ser. Tú sabes más de estos temas, claro. Por cierto, me encanta el sitio. Qué buen gusto tienes, Robert.

Burns sonrió, agradeciendo mentalmente a Simon por haberle recomendado el lugar.

—Por cierto, ¿qué es de tu amigo? El borde del otro día. Creo que le ofendí, no tenía que haberle dicho aquellas palabras: "creído, estúpido...".

—Podemos quedar un día con él, si deseas pedirle perdón. De todas formas, él es bastante vacilón, por lo que no creo que se lo haya tomado muy en serio. Solo quería picaros un poco, le encanta jugar. También le dijiste algo bonito, para compensar.

—¿Sí?

—Bueno, que no se podía negar que guapo es. Y es cierto. Eso le dijiste.

—Sí, es posible, pese a que recuerdo más los insultos. Menos mal que dije eso entonces —dice ella riendo.

—No sé dónde estará ahora mismo. Con Simon nunca se sabe —suspira Burns mientras observa con atención la pantalla, sin poder evitar sentir una punzada de celos ante el recuerdo del piropo a su amigo por parte de Helen, para después arrepentirse por ser tan desagradecido ante un amigo que le ha conseguido una mujer tan impresionante como la que tiene delante.

Keller goza como un niño esquivando coches, haciendo que se estrellen entre ellos, maniobrando como el mejor de los pilotos, riendo a carcajadas. Parte de su plan es que «Los Finos» aprecien su pericia al volante, pero lo más importante es que valoren también los riesgos que corre al no escapar de ellos cuando podría hacerlo. Quiere que vean cómo juega con la policía tal como haría un gato joven y rápido con inexpertos ratoncillos asustados. Les deja aproximarse, se aleja, se deja cercar, escapa una y otra vez. Los está desquiciando. Siete coches patrulla están destrozados. Por suerte, ningún policía tiene heridas graves.

La persecución continúa. Se está acercando a la zona de Southwark. Tiene a más de veinticinco patrullas detrás de él. Utiliza por última vez el gas para conseguir una pequeña ventaja. Su objetivo es la torre más alta de Londres, el rascacielos The Shard, con noventa y cinco plantas y una cúpula terminada en aguja. Simon se aproxima a la entrada del edificio, pero observa que hay gente en el vestíbulo, donde quería estrellar el coche a más de 60 kilómetros por hora. Temiendo matar a alguien, decide solo amagar, para que todos entiendan lo que pretende. Todo el mundo, asustado, sale hacia la calle. Keller frena en el último momento, da la vuelta y regresa a casi cien por hora, haciendo una espectacular entrada, reventando cristaleras y frenando en el último segundo para reducir la velocidad antes de que el vehículo se estrelle contra una de las paredes, a la que deja reventada con un espectacular boquete.

El coche, esta vez, no puede soportar un impacto tan fuerte y queda destrozado, con las dos ruedas delanteras fuera de los ejes. Ocho airbags y la extraordinaria protección instalada por Burns consiguen que salga del coche sin daños. Keller, de nuevo con la máscara puesta, se pone una mochila a la espalda y se dirige a los ascensores para subir hasta la azotea. La policía ya tiene rodeado el rascacielos. Simon Keller tiene a todo el país en vilo con su espectacular escapada. Ya nadie espera que logre huir de ahí. Muchos espectadores lo tildan de imbécil por haberse metido en esa encerrona sin escapatoria. Ellos habrían seguido conduciendo sin fin... Pero Keller tiene otros planes. Sale del ascensor, en la última planta, y consigue acceder a la azotea, rematada en una bonita pero peligrosa aguja de metal, cristal y cables. Desde ahí piensa lanzarse al vacío, realizando un salto BASE en paracaídas.

Las luces de la policía lo alumbran con sus focos, el helicóptero sobrevuela la zona, logrando buenas imágenes de ese desconocido que esconde su identidad con una máscara blanca de sonrisa burlona. Cientos de personas observan desde abajo, aunque muchos no consigan distinguirlo debido a la noche y a la gran altura; tensos, con las manos en el rostro, temiendo que pretenda suicidarse. No les es posible ver la mochila que lleva a la espalda. Algunos policías, los que están más en forma, han logrado subir también a la aguja y lo apuntan con sus armas.

—Bájese de inmediato de ahí. No vamos a disparar, le

ayudaremos a llegar hasta aquí. ¿Qué pretende? ¿Ha perdido el juicio?

En ese momento Simon salta del edificio, ante los desgarradores gritos de todos los espectadores, tanto los de la calle como los que lo ven desde sus casas, a través de la televisión. El salto es un picado que pone los pelos de punta a todos. En el último instante abre el paracaídas, cae de pie en una calle paralela y se pierde, ante la estupefacción de policías y viandantes. Keller entra en un edificio de seis plantas, se pone ropas de mendigo y una barba postiza con canas, y sale al portal con un vaso de plástico a pedir limosna. Ante él pasan numerosos coches patrulla con las sirenas encendidas, buscándolo.

Se queda allí, en la acera, durante dos horas. Cuando le parece que la presencia policial disminuye decide volver a Camberley. El trabajo está hecho. Ahora solo le queda esperar que «Los Finos» hayan visto su numerito y que los haya impresionado lo suficiente. El balance de daños que deja es notable: diez coches patrulla destrozados, más las decenas de coches privados contra los que han chocado los policías que perdían el control, farolas destruidas, señales de tráfico, el vestíbulo de The Shard en ruinas y un largo etcétera.

10

Esa misma noche, en un lujoso ático del mismo edificio desde el que saltó Simon, Vance Purdue está viendo, como el resto de londinenses, la escapada de ese loco que se dedicó a dar lecciones de conducción con un pesado y enorme todoterreno. Abha y el resto de la banda están también ahí. Acaban de volver de Praga por la tarde. En cuanto Simon salta, Vance pide a los muchachos que bajen a la calle para tratar de localizarlo.

—Rápido, tenéis que conseguir encontrar algo antes que la policía. Si no, jamás sabremos quién es este tipo misterioso. No he visto nunca conducir así a nadie. Tiene talento. Dicen que ha desvalijado una joyería. Ese coche tiene que estar preparado por un buen especialista. Venga, bajad a la calle.

Abha, Billy y Tony salen a la calle. A los quince minutos vuelven. Tony ha encontrado, dentro de un contenedor de basura, el paracaídas del ladrón. Orgulloso, lo muestra a Vance.

—Es posible que esto nos lleve al que lo compró —dice Vance, satisfecho con el hallazgo—. Abha, llévaselo de inmediato a Hopkins, habrá huellas o algo. De todas formas, también se puede seguir la pista a través de la tienda; en algún lugar habrá tenido que comprarlo. Parece nuevo.

—Este tipo ha montado un buen lío en Londres —dice Billy.

—Demasiado ostentoso para mi gusto —afirma el siempre suspicaz Purdue.

—¿Qué quieres decir, Vance? —pregunta Eric.

—Es posible que me equivoque, pero ese tío estaba pareciendo querer demostrar algo, pero ignoro qué. O eso, o está más loco que una cabra, que será lo más probable —responde el jefe.

—En cualquier caso —añade pensativo—, no sirve de nada hacer conjeturas. Solo encontrándolo podremos saber quién es y lo que pretende. El salto ha sido magistral, es todo un experto en escapadas, y eso, lo reconozco, me pone. ¡Qué aterrizaje tan perfecto!

—Cualquiera diría que te has enamorado de su forma de saltar —interrumpe Abha, que no soporta que Vance sienta admiración por otro cuando ella está presente.

—Es bueno, Abha, en serio. Somos un gran equipo, pero un tío como ese podría sernos útil. Hay que estar siempre a la caza de los mejores —expone Vance en voz baja.

—Sí, lo cierto es que su forma de conducir ya dice mucho de él. Le gusta jugar, va sobrado de adrenalina, de eso no cabe duda alguna. Quizá por eso quieres conocerlo, Vance. Va al límite —comenta Abha.

—Hacedlo como queráis, pero traédmelo pronto. También podría ser un rival molesto. No estoy diciendo, sin conocerlo, que lo quiera con nosotros. Habrá que estudiarlo a fondo y debatirlo. Ha sido una verdadera suerte que quisiera saltar justo desde aquí. Lo hemos tenido justo al lado.

—Entre todos, lo encontraremos pronto —dice Billy,

seguro de que sus capacidades para entrar en cualquier ordenador acabarán dando con ese hombre.

∼

SIMON SE LEVANTA MÁS tarde de lo habitual. La carrera con los polis, el fuerte choque, el salto y el temor a que lo pillaran mientras pedía limosna por la noche han hecho que necesitara más horas de las habituales. Es casi mediodía. Le duele el cuello, pero sabe que podría haber sido mucho peor.

Tras ducharse y meterse entre pecho y espalda un contundente desayuno, enciende el teléfono. A los pocos segundos entra una llamada desde un número oculto. No puede ser otro que Jack Dupont.

—Sí, Jack, dime, te escucho.

—Simon Keller, al fin el señorito se digna a encender el dichoso teléfono. Llevo diez horas llamando sin parar. Te advertí en Lyon que ese teléfono has de tenerlo conectado en todo momento. ¿Qué demonios ha sido lo de esta noche, Simon? ¿Te has vuelto majara perdido? —La última pregunta la hace Jack casi a gritos, algo del todo inusual en él.

—Se dice, al menos, buenos días, digo yo. Y no soporto que me griten, ni siquiera los franceses, si es que eres francés. De manera que me juego el tipo por vosotros, especialmente por ti, Jack, soy perseguido por media policía de Londres, incrusto el coche a riesgo de romperme el cuello contra el edificio más emblemático de la ciudad, subo a la azotea, me tiro en paracaídas de noche y consigo escapar por los pelos... y tú me dices que qué coño hago. Joder, Jack, en serio, esto ya es lo último. Entonces, ¿para qué cojones me habéis sacado de la trena? ¿Quieres responderme a eso? ¿Para qué? Estoy haciendo mi trabajo, atrayendo la atención de esos tíos, y no creo que haya fallado, estoy seguro de que lo han visto. Qué van a hacer ahora, lo desconozco, pero el plan ha salido así, y estoy seguro de que es bueno. Solo algo espectacular podía funcionar, Jack, ¿no lo entiendes?

—No tienes ni idea de los destrozos que has causado a la ciudad. Hay diez policías heridos debido a salidas de carretera y choques con otros vehículos, un montón de coches patrulla destrozados y automóviles de ciudadanos que son siniestro total, aunque es cierto que tú no tocaste ni uno solo. Y no digamos esa triunfal entrada en The Shard. ¿Hacía falta cargarte toda esa planta baja? Maldita sea, me dijeron que era un coche normal. Simon, por el amor de Dios, ¿qué has hecho con él? ¿Cómo has conseguido convertirlo en un tanque con ruedas? No me veo capaz de parar a quien tengo que parar para que no te detengan hoy mismo. Estoy moviendo todos mis hilos, pero esto ha sido demasiado. Scotland Yard sospecha de ti, Simon, saben que solo has podido ser tú. Ellos no estaban informados de tu salida de prisión, y eso es lo que más les jode, ignorar datos. Esos tipos son así. Llevo toda la maldita mañana recibiendo broncas, amonestaciones, advertencias, ultimátums y toda serie de preguntas. De mis jefes lo acepto con resignación, pero de ciertos ingleses altivos y circunspectos no tanto.

—¿Sabes lo que te digo, Jack? Mira, antes que seguir escuchándote, si no vas a confiar en mí, prefiero mil veces que vengan tus chicos, me pongan las esposas y me devuelvan a Brixton, donde al menos sé a qué atenerme. Esto es el colmo ya. ¿Cómo querías que se fijasen en mí? ¿Quizá con algún tirón de bolso a una anciana en un callejón oscuro?... ¿O robando una relojería con un butrón para que nadie sepa quién soy? En serio, ¿qué he hecho mal? Una vez que estás ahí, en esa espiral de adrenalina, donde no sabes si vas a salir vivo, lo último que puedes hacer es calcular los daños materiales... No me vengas con esas, Jack, he sido cuidadoso, no ha muerto nadie, ni siquiera hay un solo herido grave. No entré a la primera porque había gente en el vestíbulo, los asusté, salieron todos y después volví. ¿Crees que es fácil hacer lo que hice? ¡Y todo porque necesitas coger a unos tíos que a mí me importan una mierda! —vocifera Simon perdiendo los nervios—. Te lo repito, llevadme a prisión o dejadme trabajar, pero regañinas para bebés de guardería puedes ahorrártelas, Dupont.

Se hace un silencio al otro lado de la línea. Jack Dupont no sabe qué decir. El chico tiene razón, piensa, ha hecho un magnífico trabajo para atraer la atención de «Los Finos», de eso no cabe duda. Los problemas que eso le va a generar a él son gajes de su oficio. Oye respirar a Simon, que está muy alterado, enfadado de veras, esperando la respuesta de Jack.

—Tú ganas, Simon, ha sido tu forma de hacerlo. Vamos a ver si funciona. Confío en ti. Voy a tardar semanas en aclarar todo y callar ciertas bocas, pero es parte de mi trabajo y tienes razón en que tú no tienes la culpa, yo te he metido en este lío. En fin, tengo que reconocer que sabes conducir, muchacho. Soy aficionado a las carreras y creo que no hay piloto que pudiera haber hecho lo que tú hiciste anoche, ni uno solo. En el fondo, en algún sentido, te admiro. Verte conducir así me ha dado una idea, tengo pensado cosas para ti. Se te pagarán bien, pero siempre a este lado de la ley, claro. Pero eso será después de resolver este asunto. Es una pena, podrías haber sido un piloto de carreras genial, el mejor. No se habla de otra cosa hoy en toda Europa, solo de ti. Pero ahora, por favor te lo pido, te lo ordeno, no hagas nada más. Ha sido lo suficientemente llamativo como para que intenten localizarte. Limítate a esperar y a dejarte ver por el Centro. No se te ocurra montar otro número, porque, te lo aseguro, ya no te taparé más. No es una amenaza, es la simple y pura realidad. No podré hacerlo otra vez.

—El trabajo ya está hecho, Jack, no necesito repetirlo, de momento no. Hoy necesito descansar un poco. Por la tarde saldré a tomar algo.

—No olvides tener el móvil siempre cerca. Adiós, Simon —se despide Jack en tono frío.

Keller no se molesta en responder, sabe que no le daría tiempo. Conoce la forma de despedirse de ese hombre.

Mira por la ventana. Tras varios días de lloviznas y de cielos cubiertos, luce un sol espléndido en Camberley. Coge un taxi y sale a dar un paseo por Londres, y casi sin querer, se hace con algunas carteras en el metro, que luego devuelve a sus propietarias, diciendo que había visto cómo un carterista se la sacaba del bolso. Es uno de sus innumerables trucos para conocer chicas guapas. Con la mayoría se limita a departir unos minutos, pero la última es demasiado bonita y decide ir más allá.

—Muchísimas gracias, de verdad, no sabes lo importante que es para mí este gesto. Soy bastante pesimista con el mundo actual. Jamás pensé que quedasen personas como tú, en serio —dice Mary, una preciosa joven castaña, con algunas pecas en una nariz que a Simon le parece la más perfecta que ha visto nunca.

—Hay mucho desalmado, desde luego, pero también hay gente buena por ahí. No lo digo por mí, desde luego. Yo soy más bien del primer grupo, de los que confirman tu teoría.

—Por favor, no seas modesto, se te ve que eres un pedazo de pan. ¿Cómo podría agradecértelo?

—Aceptando que te invite a comer, por ejemplo. No se encuentran chicas tan guapas como tú casi nunca.

Mary no sabe qué decir, pero es incapaz de rechazar a ese hombre tan atractivo que acaba de devolverle su cartera de manera tan generosa. Le dice que no tiene demasiado tiempo, que acepta, pero que debe volver al trabajo. Simon dice a todo que sí, aunque la lleva en taxi a su casa de Camberley.

Ella prepara un delicioso almuerzo. Mientras sirve la ensalada, Keller la agarra por detrás y la besa en el cuello, haciendo que se le caigan de la fuente algunas aceitunas y trozos de tomate.

—Simon, por favor... Creí que íbamos a comer —dice ella, en el fondo, encantada, pues estaba esperando que la besara.

A media tarde, Mary consigue salir de ahí, intentando zafarse del exigente y ansioso joven que no puede parar de besarla. El sexo con él ha sido increíble, pero ha de regresar a la oficina. Ya no puede inventar más excusas. Keller le llama un taxi y se despide de ella con un larguísimo beso en los labios.

Simon decide cambiar de planes. Se quedará en casa todo el día, descansando y jugando al ajedrez en línea con su flamante ordenador portátil recién adquirido. Cuando su cuerpo necesita descanso, decide escucharlo, pero a cambio hace trabajar su mente. En el instituto era el mejor jugador, ganaba el trofeo todos los años. Llegó a ganar un campeonato local a los catorce años. Le dijeron que tenía madera de profesional, que con constancia y trabajo lograría los puntos Elo suficientes para alcanzar el grado de Gran Maestro Internacional. Jamás quiso ser profesional de nada, pero ha seguido practicando el ajedrez. Sus ataques fulminantes pueden poner en aprietos a grandes jugadores del mundo. Un Gran Maestro, al que ganó cuando estaba en la cárcel, le propuso que fuera su colaborador para grandes torneos, como preparador de ataques imprevistos. Cuando Keller le dijo que estaba en la cárcel, no supo qué responderle y ahí terminó la conversación que mantenían por el chat de la página de ajedrez. Simon solo juega cuando su cuerpo pide tregua, y eso sucede con poca frecuencia. Prefiere las actividades al aire libre, los deportes extremos, el riesgo, la aventura continua, el juego, las bromas, robar cosas difíciles...

Gana una partida tras otra hasta alcanzar los dos mil puntos. Algunos jugadores, malos perdedores, le dedican insultos o le piden una revancha tras otra. Él goza cuando algún rival pierde las formas al caer derrotado. No puede evitarlo. Los infantiles insultos que le profieren hacen que ría a carcajadas. Son las dos de la madrugada. Entonces, sin saber por qué, recuerda al gran amor de su vida. Se llamaba Kelly, era de padre irlandés y madre escocesa. Pelirroja, de enormes ojos verdes, con labios siempre brillantes y jugosos, dientes grandes y bonitos, y la sonrisa más maravillosa que recuerda. Ni una sola mujer supera a su Kelly. Pero se fue de su vida. Emigraron a Estados Unidos y no volvió a verla. Se escribieron, hasta que un día las cartas de ella dejaron de llegar. Simon se sintió traicionado. Las numerosas mujeres que vinieron luego le hicieron olvidar el dolor de la separación, pero aún la recordaba de vez en cuando. Sabe que llevó a Mary a casa porque, desde el mismo instante en que la vio, le recordó a Kelly. Pensando en ella, en aquellas tardes besándose en el parque bajo la lluvia de verano, se duerme, sabiendo que aquel mundo feliz y seguro, en donde todo parecía ser para siempre, no volvería jamás. Ahora tenía que luchar por su libertad, era lo único que le importaba.

11

Simon se despierta pronto. Su cuerpo ha reposado lo suficiente y se siente listo para más acción. Desayuna en Londres y se pasea todo el día por las calles más concurridas del Centro. Por la tarde regresa a la discoteca donde se besó con aquella beldad de la que ignora el nombre, solo por volverla a ver, aunque se encuentre con el novio. Ella no está. Reconoce, en cambio, a la amiga de Helen, que está con otras chicas cerca de la barra. Ella lo reconoce, pero nota el desinterés de Simon y continúa en lo suyo. Un grupo de seis chicas orientales, chinas o japonesas, lo miran con descaro y hasta comienzan a hacerle fotos. Decide unirse a la fiesta y posa para ellas, gesticulando mucho y haciendo divertidas poses. Se fotografía con cada una de ellas, después con todas a la vez. Las carcajadas de las chicas atraen la atención de media discoteca. Simon no necesita mucho para atraer las miradas del sexo femenino, pero con ese número se ganó incluso aplausos. Terminó haciéndose fotos con un montón de mujeres, que pensaron que ese hombre, sin duda un modelo profesional al que no terminaban de reconocer, había sido contratado por la discoteca como animador o algo por el estilo. La idea de dejarse ver le va pareciendo, a medida que transcurren las horas, más y más tonta. Si llevaba máscara, ¿cómo van a conseguir saber quién es? Le parece que está haciendo el ridículo para atraer una atención que no necesita, y decide volver a Camberley y dormir a pierna suelta. De repente, sin explicación alguna, se dirige hacia la puerta dejando a una legión de adolescentes con las ganas de hacerse una foto con la atracción de la noche.

Sale de la discoteca y camina en busca de un taxi libre, sin prisa, disfrutando de la noche despejada y fresca. Lleva unos minutos oyendo un taconeo algunos metros por detrás de él. Se vuelve y observa que una atractiva mujer anda sola por la calle. Al principio le parece extraño que una chica como esa, trajeada, siga a un hombre ella sola por la noche, pero enseguida entiende que puede ser alguien de la banda y el corazón le da un vuelco. Al fin lo han localizado. Pero la mujer desaparece. Falsa alarma. Sigue andando, no ha visto ni un solo taxi aún. Decide sacar el móvil y llamar a uno. Se para en la acera. Entonces una furgoneta de lunas tintadas para junto a él. La ventanilla del copiloto está bajada y un hombre le pregunta por una dirección. Simon se acerca para decírsela y de inmediato siente un fuerte golpe en la nuca, así una espesa negrura se apodera de su ser. Ha sido Eric, que por detrás lo deja inconsciente con una porra. Abha, que era quien lo seguía, aparece, se sube en la furgoneta y desaparecen de allí.

Simon despierta en lo que parece un almacén abandonado, lleno de polvo y con las paredes a punto de venirse abajo. Le duele mucho la cabeza, está mareado, siente ganas de vomitar, pero se contiene y trata de entender qué ha pasado. No recuerda nada. Poco a poco se le dibuja en la mente la maldita furgoneta que paró, cuando alguien le preguntó algo, pero no consigue recordar nada más. Entonces aparecen cuatro personas. Simon está tumbado en un diván con los muelles fuera. Se incorpora con dificultad y mira al cuarteto que tiene delante. Una guapísima y exótica mujer con rasgos indios, un maromo que parece salido de una película de mafiosos rusos, un chico inglés esmirriado y un asiático, tailandés, vietnamita o algo similar, se dice Keller. Vaya combinación, piensa. No se esperaba un grupo tan heterogéneo e inusual.

—Buenas noches, Keller —dice Abha, que se ha arreglado mucho para esa ocasión especial. Lleva su brillante pelo negro azabache recogido en una cola de caballo. Se ha maquillado un poco los ojos, que son como enormes almendras negras. Los carnosos labios están pintados de un rosa pálido. Luce grandes aros de plata en las orejas. Lleva un traje caro, azul oscuro, con blusa blanca un poco abierta. Por esa leve abertura se intuyen unos pechos grandes y turgentes que atraen de inmediato la atención de Keller. Está impresionado por la rara belleza de esa mujer. Incluso olvida el fuerte dolor de cabeza. Le basta contemplarla para sentirse mejor.

Ella nota que le ha gustado y sonríe.

Simon no responde al saludo y permanece en un incómodo silencio.

—Como veo que no vas a decir nada, de momento, te informo de la situación —continúa Abha, la preciosa mujer medio india y medio británica que suele dejar a los hombres apabullados con su físico. Mide casi un metro ochenta, pero con tacones, si son lo suficientemente altos, roza el metro noventa, como era el caso en ese instante.

—Qué amable —exclama Keller rompiendo su mutismo.

—Todos hemos visto lo que hiciste anteayer. El salto es de un verdadero profesional. No es frecuente saltar de noche de un edificio así, pero tú pareces capaz de todo. A los chicos aquí presentes —dice Abha señalando a Billy, Eric y Tony—

les ha impresionado también mucho tu exhibición con el volante. En fin, que eres un maestro de la escapada, por lo que se ve.

—¿Para decirme lo obvio habéis tenido que reventarme el cráneo?

—Te he dado suave, tío, tranquilo. No podíamos arriesgarnos a que nos vieran o escaparas. Siento lo del golpe, es solo parte del trabajo —dice el ruso—. *Izvini, chuvak* —se le escapa en su idioma: «perdona, tío»—.

—*Khorosho, nechego* —responde Simon en un más que aceptable ruso, quitándole importancia al asunto de la porra.

—¿Sabes ruso? —pregunta sorprendido Eric.

—Bueno, chapurreo algunos idiomas europeos, sí.

—Bien, vayamos al grano —reconduce la conversación Abha—. Formamos un selecto grupo de atracadores. Robamos todo aquello que sea interesante, difícil y que dé pingües beneficios.

Simon Keller finge desinterés absoluto por la frase de Abha, aunque no puede perder detalle de lo que tenga que decirle. Es bueno disimulando, tiene mucha experiencia.

—Te hemos traído aquí, y sí, lo hemos hecho de una forma un tanto heterodoxa, pero vamos a compensarte por ello, para ofrecerte unirte a nosotros. Tienes nuestro estilo, te gusta el riesgo, no tienes miedo, parece que disfrutas con lo que haces, pero eso no deja de ser una opinión personal. Por todo ello, hemos decidido que nos gustaría que te unieses a nosotros. Es mucho lo que podrías aportar. Y podrías ganar muchísimo más que actuando solo. Piénsalo, nosotros no obligamos a nadie, por descontado, pero nos gustaría probar contigo.

—Decidme, ¿todos vosotros habéis pasado por la experiencia del porrazo? Porque es de lo más desagradable. No me interesa demasiado lo que me decís. No sé quiénes sois. Podríais ser simples aficionados o...

—O ¿qué? —pregunta Abha.

—O maderos, guapita, no sería la primera vez que me tienden una trampa así.

—No quieres volver al trullo, sí, lo suponemos —dice Billy, que es quien ha descubierto la identidad de Simon—. He tenido acceso a tu historial. Acabas de salir de prisión hace unos meses. Yo puedo meterme en cualquier ordenador y saber todo aquello que nos haga falta. Los muchachos son buenos, Keller, te lo aseguro. No tienen rival. Ni siquiera saben quiénes somos, no estamos fichados, no conocen nada de nosotros. De ahí las precauciones que hemos tomado contigo. La Policía no tiene una sola pista, eso te lo aseguro. Es una buena oportunidad para ti, ya que veo que no te importa volver a las andadas.

—Solo tienes que pensarlo, no te pedimos más. Nos pondremos en contacto contigo pronto —dice Abha—. De momento, aquí tienes esto, en prueba de nuestra buena fe y para compensar ese golpe que tanto parece haberte ofendido —añade ella tendiéndole una enorme y brillante esmeralda.

Simon sabe que por esa joya sacará una suma muy jugosa en el mercado negro, y él conoce a los mejores. No la rechaza.

—¿El grupo lo formáis solo vosotros cuatro o hay más gente? —inquiere Simon.

—Existe alguien más, pero lo sabrás a su tiempo. Por ahora, con lo que ves debe bastarte —responde la india.

—Gracias por el pedrusco, niña —dice Simon utilizando ex profeso esa palabra, sabedor de que no sería del agrado de la india, como así es, a tenor del fruncimiento de ceño de ella —, pero creo que no me interesa este asunto. Decís que no saben nada de vosotros. Todos siempre creemos que estamos a salvo, que no conocen nuestros planes, pero nos equivocamos.

Tarde o temprano nos cazan, a todos. A unos antes que a otros, es cuestión de tiempo. No sé, no me decís casi nada, ¿qué tipo de palos dais, en qué estáis especializados, en qué sois los mejores? Me habéis dejado noqueado, me habéis traído a este basurero de mala muerte y solo me decís que sois un grupo profesional, muy bueno, eso sí. Yo tengo que creérmelo sin más y estar a vuestras órdenes. Lo siento, pero la respuesta es no.

—Vale, vale, entendido, necesitas más información, puedo comprenderlo —dice Abha, que no esperaba tal resistencia en ese hombre de belleza extraordinaria—. Hemos llevado a cabo robos en las mejores joyerías de toda Europa. Estamos especializados en joyas, pero también podemos desvalijar, sin problemas, cajas de seguridad de bancos suizos, llevarnos limpiamente cuadros caros de mansiones privadas o de museos... En fin, todo lo que quieras, somos versátiles, Simon. Los chicos, excepto Billy, que es el *hacker* del grupo, son deportistas y especialistas en escapar por tejados y azoteas, o por túneles que hacemos nosotros mismos. Billy consigue información muy valiosa y comprometedora que vendemos a buen precio. Ha sido él quien te ha localizado, es insustituible. Tampoco hay mucho más que saber, lo irías viendo si decides unirte.

—No niego que parecéis tíos interesantes, la verdad, pero mi respuesta es no. He salido hace poco, siempre he trabajado solo y a estas alturas no voy a cambiar mis hábitos. Prefiero seguir como estoy. Mucho o poco, lo que me llevo lo curro yo, no sé si me entendéis.

—Te entendemos, tío —dice Tony, participando por vez primera en la conversación—, pero ahora nos conoces, nos hemos arriesgado demasiado contigo.

—Ajá, y tengo yo la culpa, por supuesto. Me habéis buscado, me secuestráis, porque esto no es otra cosa que un puto secuestro, me golpeáis y ahora decís que sé demasiado cuando sois vosotros mismos los que habéis salido a cara descubierta. ¿De qué vas tú, Bruce Lee?

Tony Nguyen, al que no le ha gustado Simon en ningún momento, hace amago de ir por él y destrozarle de un solo golpe, pero Eric se interpone.

—Calma, Tony, tiene razón. Él estaba a su rollo y hemos sido nosotros los que le hemos buscado. Estoy seguro de que este tío no va a contar nada a nadie. ¿A quién? ¿Va a presentarse ante Scotland Yard, después de lo que acaba de hacer, para contarles que unos tíos dicen ser los autores de distintos robos? No tiene nada que contar. Mira, Simon, solo queremos que lo pienses, en serio, tómate tu tiempo. Estás mosqueado por el golpe, lo comprendo, no te ha gustado, y es lógico, no hemos empezado con buen pie, pero créeme, damos unos palos colosales, de muchos millones de libras cada uno de ellos. Con un solo golpe podría bastarte. Prueba una sola vez, solo eso. Después, si no te convencemos o tú a nosotros no nos gustas, cada uno por su lado y tan amigos.

—Tú me gustas, y el chaval también. No puedo decir lo mismo de ti, tío, te veo demasiado agresivo, y no me gusta la violencia gratuita; veo en tus pupilas, y no suelo equivocarme, que te gusta pelear solo por placer.

—O sea —interviene Abha—, que Tony y yo te disgustamos profundamente.

—Solo he dicho que no me gusta la gente violenta, nada más. Si el ruso no lo para, estaría con la cara partida, lo he visto en sus ojos, y no le he dado ningún motivo. Tú me gustas, niña, eres preciosa, soy un hombre normal, que se ve atraído por tanta belleza. Pero estos dos me caen bien. En fin, voy a pensarlo, de acuerdo, creo que no pierdo nada. Pero, por favor, si queréis volver a decirme algo, puedo daros mi número. Me llamáis y ya está. ¿Podréis hacerlo?

Eric y Billy ríen con ganas. Abha se limita a sonreír, pero Tony tuerce el gesto. Se ha creado una enemistad evidente entre ellos.

—Gracias por la piedra. Sé quién me la comprará a buen precio.

—De acuerdo, pues ya está todo hablado. Nos pondremos en contacto contigo cuando te necesitemos para el próximo golpe, que no tardará en llegar —explica Abha—. Ahora nos vamos. Simon, tienes un taxi en la puerta que te llevará adonde digas. Aquí nos despedimos, por esta vez. Encantada de conocerte —añade tendiéndole la mano. Simon la retiene entre las suyas un poco más de lo que se considera normal. Ella nota una presión especial que puede querer decir muchas cosas, pero sobre todo nota deseo en él. Abha tiene que apartar la mirada, Simon tiene una forma de mirar a una mujer demasiado intensa. No está acostumbrada. Suele ser al revés, los hombres se sienten intimidados frente a ella, pero esta vez es ella la que no sabe cómo reaccionar ante ese hombre que físicamente es el sueño de cualquier mujer.

—Adiós a todos, chicos. A ti también, Tony.

Simon se acerca a Tony y le tiende, amistoso, la mano. Tony, ante la mirada del resto, no puede negarse y se la da un poco a regañadientes, pero ese gesto consigue distender el ambiente. Keller se encamina hacia la puerta y ellos se quedan allí, en el almacén, de pie, observándolo.

—¿Qué opináis, chicos? —pregunta Abha mirando a sus tres compañeros.

—A mí, francamente, me gusta —contesta Billy—. Parece sincero. Es lógico que desconfíe, es un tío que siempre ha trabajado solo, no está acostumbrado a esto. Creo que sería un elemento importante para el grupo. Yo estoy a favor de que entre, pero decid vosotros.

—No sé, han sido unos pocos minutos, y no es suficiente

para juzgar a nadie, pero hay algo que no me gusta del todo, no puedo decir qué —añade Tony—. Ese tío puede poner la cara que quiera en cada momento, es bueno, lo reconozco, lo que hizo está al alcance de muy poca gente, pero podríamos tener problemas, solo digo eso. Es posible que mi desconfianza hacia él lo haya puesto en guardia, pero no sé... Podemos probar, desde luego, pero no estoy seguro, no parece un tipo estable, aunque sea genial.

—Lo importante —tercia Eric— son sus habilidades, y las tiene. Tony, se ha limitado a calarte bien, es inteligente. Dime, amigo, y te aprecio mucho, pero contesta: ¿eres o no eres violento? Es un hecho, te lo ha notado, no sé cómo, pero lo ha sabido al instante. Te gusta pelear, te gusta destrozar a la gente en un cuadrilátero, jaula o en la calle, donde te rete alguien. Es un tío con muchas capacidades. Yo estoy a favor, como Billy, sin ninguna duda.

—A mí no me parece del todo malo, aunque necesitamos más tiempo —opina Abha—. Entonces, informaré a Vance de todo lo que ha sucedido aquí, sin dejar ningún detalle —dice ella dirigiéndose a Tony, como para hacerle saber que tendrá en cuenta que no todos están a favor de la incorporación de Simon Keller.

Simon le pide al taxista que lo deje en el centro de Londres, tras preguntarle en qué zona de la ciudad se encuentra. Le contesta que es el norte de la capital, pero que están fuera del área metropolitana. Le pide dejarle en el centro de la ciudad. Keller quiere deshacerse cuanto antes de la esmeralda. Está intrigado acerca de los policías de la Interpol que lo siguen en todo momento. Si son tan buenos, lo habrán seguido también hasta el almacén. Se promete pedir detalles sobre el particular a Dupont.

Son las once de la noche. Keller, frente a una alta verja de hierro forjado terminada en peligrosas agujas, llama al portero automático de una vivienda de tres plantas, con ladrillo rojo oscuro y numerosas columnas blancas de mármol que imitan el estilo neoclásico.

—¿Quién coño llama a estas horas? ¿Estás mal de la cabeza, tío? —gruñe una voz grave.

—Paul, viejo amigo, soy Simon. ¿No me reconoces o es que vas a echarme de tu casa? Si es así, dímelo y tan amigos, no pretendía molestar, pero el asunto creo que merece la pena.

—¡Simon! Pero si estabas dentro, y creí que para muchos años aún, lustros enteros. ¡Qué alegrón me das! Pasa, hombre —contesta Paul, cambiando el tono de voz y abriendo de inmediato la puerta para permitirle a Keller el acceso a su casa.

—¿Cómo has salido tan pronto? No me digas nada, te has vuelto a escapar —añade Paul de Heer, un holandés descendiente de judíos sefarditas expulsados de España en el siglo XV.

—Pues sí, Paul. Y, como no tengo mucho tiempo, he venido para que me tases esta bonita y gran aceituna —dice sacando la magnífica y descomunal esmeralda de uno de sus bolsillos, mostrándosela al holandés.

—Simon... es... ¿de dónde has sacado esto? Es la esmeralda más grande que he visto jamás, y llevo toda mi vida, treinta y nueve primaveras, viendo joyas a diario. Es maravillosa —dice observándola con atención, casi olvidando que su amigo está ahí, a su lado.

—Paul, sé que es enorme, pero oye, no brilla mucho, y eso es buena señal, ¿no? No soy experto, pero sabes cuántas joyas he afanado en mi vida.

—Si no fueras tú, Simon, habría cogido este pedrusco y lo habría tirado al cubo de la basura, pensando que era una broma de mal gusto, pero tú eres capaz de todo. Estoy casi seguro de que es auténtica, aunque quiero comprobarlo. Vamos abajo, ahí tengo todos los instrumentos. —La pareja baja a un sótano en el que De Heer realiza su trabajo. Agarra su mejor dicroscopio y se dedica, durante tres minutos, a observar la gema. Quiere descartar que sea, como ocurre con frecuencia, un berilo o un granate verde.

—Simon, esta roca, porque no me atrevo a llamar piedra

a este dinosaurio, tiene un fortísimo dicroísmo. Es alucinante, es la esmeralda más pura que he encontrado nunca. Y es inmensa. Pero justo por eso, por el tamaño, me inclino a pensar que es sintética, y eso ya tendría mucho menos mérito.

—Sí, me imagino que será sintética, es demasiado grande —interviene Simon.

—Pero...

—Pero ¿qué? —pregunta Simon.

—Ahora voy a hacer varias pruebas con diversos filtros. Dentro de unos minutos sabremos la verdad. Hay pocas, muy pocas, esmeraldas así de grandes en la naturaleza, pero es posible que hayas robado un auténtico tesoro. Siéntate ahí y no digas nada, necesito silencio.

Simon observa a Paul con atención. Es moreno, de nariz larga y recta, tiene ojos marrones y está casi calvo. Mueve los instrumentos con delicadeza y casi parsimonia. Se da cuenta de que una minúscula gota de sudor se le está empezando a formar en la sien. Simon no necesita más pruebas. Esa gota, diga lo que diga Paul, es la confirmación de que la gema es natural, no sintética. Quiere comprobar si el holandés va a ser sincero.

—Simon, amigo, tengo buenas noticias. No es sintética, lo que incrementa su valor muchas veces. Joder, pero ¿dónde has robado este meteorito? ¿Has entrado en la casa de algún oligarca ruso en Londres o algo así? No me lo explico. Solo tenerla en las manos me produce un placer indescriptible que tú no puedes compartir, pero que espero puedas entender, al menos. Es maravillosa, es perfecta, es...

—Calma, Paul, amigo, calma. Ante todo, te agradezco tu sinceridad. Eres honesto. Podrías haberme dicho que era sintética, o incluso que es un berilo.

—Sabes, Simon, que soy sincero siempre. Otra cosa es que luche y apure en las negociaciones, pero cuando una piedra es auténtica, es absurdo negarlo. Cientos de expertos, como yo, lo confirmarían tarde o temprano. Y dime, ¿en qué situación quedaría entonces mi reputación como uno de los mejores especialistas de Europa? Ahora mismo, Simon, no tengo la pasta que vale esto, no tengo tanto dinero en casa. Dime, ¿qué habías pensado?

—Lo que quiero lo tienes en el garaje, Paul. Lo he visto cuando me abrías la verja, tienes el portón abierto. Tengo que hacer un viaje mañana temprano y me gustaría que me lo dejaras. Y sobre la pasta, dame lo que puedas. Es un regalo que quiero hacerte. Sé más o menos lo que deberías darme por ella, pero prefiero que sigamos siendo amigos. Tú te arriesgas también con este pedrusco en casa.

—No, Simon, no arriesgo nada. Esta misma noche pueden venir aquí más de diez personas por la piedra. Solo tengo que pulsar teclas de teléfono. En serio, gracias por confiar en mí. Sobre el coche, es tuyo, por supuesto. Y tengo unas doce mil libras en metálico, que ahora mismo te doy. Te daré hasta el último penique que te corresponde, amigo. En este momento no sé cuánto llegaré a ganar con ella, pero será mucho, y tú te llevarás tu buen pellizco, descuida. No imaginas lo que supone para mí poder ser el que ponga en circulación semejante tesoro. Mi prestigio, que está en un buen lugar ahora, va a ascender varios escalones de golpe. Oye, podríamos ir a cenar, para celebrarlo.

—Gracias, Paul, me encantaría, lo sabes, pero voy a intentar dormir tres o cuatro horas. Al amanecer salgo de viaje con tu coche. Una cosa sí te voy a pedir. Es más para protegerte a ti que a mí. A las cinco de la mañana, a las cinco en punto, deja el coche en esta dirección que tienes aquí. Deja la llave puesta y no apagues el motor. Vete. Dos minutos después, me lo llevaré. Sé que destrozo tu noche con esta extraña petición, pero necesito que sea así.

—Simon, ¿estás en peligro?

—Digamos que tengo que estar con mil ojos, pero no, no quieren, de momento, matarme. O así lo creo —responde Keller con una sonrisa.

Paul y Simon se abrazan y se despiden.

Keller no regresa a dormir a Camberley, prefiere alojarse en un hotel cercano al punto donde ha quedado con Paul para recoger el coche. Sabe que los hombres de Jack lo siguen siempre. Y ahora es posible que también lo hagan los de la banda «Los Finos». Demasiada gente detrás de sus pasos. Todo un reto para un aventurero adicto a la adrenalina como Simon Keller.

A LAS CINCO y dos minutos, Simon abre la puerta de un flamante Aston Martin DB11, un modelo con 600 caballos de potencia. Keller, amante de los coches potentes, da las gracias a Jack Dupont e indirectamente a la banda de ladrones en la que va a infiltrarse por permitirle volver a saborear ese goce. A través del espejo retrovisor derecho, comprueba que sus sospechas eran fundadas. Los hombres de Jack Dupont lo vigilan de cerca. «Por poco tiempo, muchachos».

A Simon le apetece conducir, correr y jugar al gato y al ratón con un volante en las manos, uno de sus pasatiempos favoritos. Conduce hasta el norte a alta velocidad, pero no tanta como para perder a los hombres de la Interpol, que consiguen, a duras penas, mantener el ritmo. Ellos van con un potente Mercedes, pero Simon sabe que no se trata del coche, sino de las manos que lo dirigen. Los lleva al noreste, hasta Norwich. Allí, tras llenar el depósito de combustible, decide perderlos a través de carreteras secundarias que conoce como la palma de la mano. Diez minutos después de haber perdido a los policías, el teléfono de Keller suena. Simon, circulando a una velocidad de 230 kilómetros por hora por una carretera comarcal, contesta.

—Buenos días, Jack. ¿Cómo va todo? Esperaba la llamada. Tus chicos necesitan sacarse el carné, hombre.

—Keller, deja tus juegos. ¿Adónde te diriges? Te han perdido cerca de Norwich, pero como empiezo a conocerte un poco, imagino que lo que quieres en realidad es ir al sur, entrar en el continente. No pienses que puedes escapar de nosotros, Simon, en serio.

—Y quién ha dicho que quiera escapar de algo. Estoy con el coche de un amigo. No temas, no es robado, me lo han dejado. Podéis comprobarlo. Tus chicos saben dónde estuve anoche.

—Ayer te golpearon y te secuestraron, Simon. ¿Fueron ellos? Te han encontrado entonces.

—Sí, me dieron un buen garrotazo, Jack. Si es por vosotros, podía estar muerto, la verdad sea dicha. Estáis solo para controlarme, para ver si me escapo o no. Creo que he demostrado que puedo hacer este trabajo. Si van a seguirme todo el tiempo, la operación podrá estropearse en cualquier momento. Fíjate qué rápido me han encontrado. No sé cómo lo han hecho, pero tienen medios y dinero más que de sobra para hacer lo que quieran. Te lo repito, Jack, di que dejen la vigilancia. Puedo perderlos en cualquier momento, pero no es lo que voy a hacer. Hoy me apetece conducir, nada más. Ahora voy a cortar, Jack, ese chico que tienen nos descubrirá si hablamos mucho, estoy seguro. Dime, ¿estás en Lyon?

—Sí, claro, ¿dónde iba a estar?

—Nos vemos muy pronto y te cuento todo en persona, Dupont.

A Keller le gusta colgarle a Jack. Le paga con su propia medicina. A continuación desconecta el teléfono y pone rumbo a Dover, para cruzar el canal de la Mancha y entrar en Francia.

El bueno de Paul de Heer tiene una excelente selección de música electrónica. Justo lo que necesitaba. Un gran coche, carretera por delante y la posibilidad de volver a sentir la libertad, aunque sea temporalmente.

Simon va vestido con su traje. En Calais retoma la conducción. Quiere hablar con Dupont en persona, Lyon es el destino, pero antes quiere pasar por París y pasear por sus bulevares. Por suerte, el tiempo es frío pero seco. Las carreteras están en buen estado. A las dos de la tarde para en Ruan para comer algo. Entra en un restaurante y se sienta en una mesa junto a la que están comiendo dos preciosas francesas. Ellas lo miran con descaro y se ríen. Tres minutos después, una de ellas mueve su dedo índice, doblándolo, en ese inconfundible gesto que Keller interpreta a la perfección.

—Ustedes dirán qué quieren, señoritas —dice Simon en un buen francés.

—Oh, americano —exclama una de ellas, una joven morena de pelo corto, ojos verdes y grandes pechos que no puede ocultar del todo la fina blusa de seda que lleva, escotada.

—No, soy inglés, pero eso da igual.

—Mi amiga Ivette me ha propuesto invitarte a nuestra mesa. Además, queremos invitarte a comer.

—Pero si yo iba a proponeros justo lo mismo. No, lo siento, invito yo, señoritas.

—De ninguna manera —tercia Ivette, una mujer rubia de unos treinta años, con preciosos ojos azules y largas pestañas realzadas con algo de rímel—. Nosotras lo hemos dicho antes, así que estás invitado. ¿Sabes por qué lo hacemos?

—No tengo la menor idea —miente Simon, pues supone que es su físico el único motivo, no podría haber otro; el Aston Martin está aparcado a dos calles del restaurante—, pero tampoco importa mucho. Lo bueno es que estamos aquí los tres, ya no estoy solo.

—De todas formas, queremos decírtelo —añade Ivette—. Nicolle y yo pensamos, y es la primera vez en nuestras vidas que coincidimos en esto, es algo extraordinario, que tienes la cara más perfecta que hayamos visto nunca. No eres guapo, eres algo superior a eso. No se puede dejar de mirarte, y tú lo sabes, no seas golfo. Solo hay que tener ojos en la cara y reconocer esta realidad.

—Claro, y os ha entrado una duda que suele surgir en estos casos: ¿será tan idiota como guapo? No lo neguéis, me habéis llamado para comprobarlo.

Ellas se echaron a reír, pues habían sido descubiertas.

—Vale, vale, reconocemos que, en un primer momento, esa ha sido la frase, más o menos, pero era más como una broma, ya sabes, el tópico. Con las mujeres, vosotros hacéis lo mismo, ¿no es así? Pero no, no nos lo has parecido, en serio. Queríamos hablar contigo, nada más. Además de guapísimo, eres de lo más elegante. Lo tienes todo —dice Nicolle.

La charla continúa con esas y otras banalidades, en las que Keller se maneja como pez en el agua. Tras informarles de que se dirige a París, Nicolle le pide llevarla, pues quería ir de compras al día siguiente. Hija de un rico industrial de Ruan, acaba de cortar con su novio y se aburre bastante en esa ciudad. Ivette se despide de ellos tras la comida, alegando tener cosas que hacer, no sin antes agarrar a su amiga mientras Keller sale para traer el coche.

—Nicolle, es increíblemente guapo, vale, ya nos hemos

divertido, ha estado bien, pero ¿adónde vas? No lo conocemos de nada, a saber adónde va. No quiero asustarte, pero sabes que cada día desaparecen chicas preciosas como tú. Míralo, es como un imán para las mujeres, demasiado guapo para ser real.

—Pero, Ivette, ¿estás loca? Se ve que es un buen tío, sincero y honrado, estoy segura. Solo va a acercarme hasta París. Allí me iré a mi hotel, no te preocupes.

—Llámame en cuanto lleguéis, ¿de acuerdo? Anda, pásalo bien, pero me preocupas, querida.

Ivette queda fascinada ante la visión del espectacular deportivo de Simon. Casi no se atreve ni a subir.

—Venga, sube, si ni siquiera es mío, es de un amigo. Me lo ha dejado porque me gusta conducir, y me apetecía dar unas vueltas.

Keller conduce por carreteras secundarias en dirección a París, disfrutando de cada curva, de cada uno de los adelantamientos, pero sin poner el coche al máximo para no asustar a la bella joven que lleva al lado. En París, la invita a cenar en un caro restaurante y la acompaña hasta la entrada del hotel donde ella suele alojarse en sus visitas a la capital gala.

—He pasado un día maravilloso, Simon. La verdad es que ha sido una locura, me he subido al coche de un absoluto desconocido. Me gustas mucho. Quizá no volvamos a vernos, a no ser que...

—Que qué —dice Keller.

—Que vuelvas a Francia a visitarme de vez en cuando. Ya sé que no vas a decirme a qué te dedicas, que es peligroso, sobre todo para mí y bla, bla; vale, pero me gustaría volver a verte. Y también me gustaría dormir contigo esta noche.

—A mí también, Ivette.

Keller está seguro de que es imposible que nadie le haya

seguido hasta París, por lo que decide subir con Ivette y salir para Lyon al día siguiente.

~

IVETTE DUERME PROFUNDAMENTE. Simon no tiene valor para despertarla. Además, así la despedida es más fácil. Sale de la habitación, sigiloso, mirándola por última vez.

Con la francesa no ha podido conducir como él quería. Por eso, el camino de París a Lyon lo convierte en un circuito particular. Otros amantes de la velocidad, con coches extremadamente potentes, se pican con el Aston Martin, pero salen todos escaldados. En cuanto llegan las curvas, comienzan a actuar con fuerza los frenos en los coches, pero Simon apenas utiliza el pedal central y los pierde a todos, dejándose a veces coger para volverse a ir.

Tiene un bonito pique con una motocicleta, una preciosa Ducati Panigale R 1119 roja. Las fulminantes aceleraciones hacen que Simon tenga siempre en el parachoques trasero los faros de la moto, pero no consigue adelantarlo. Keller está jugando, como hace siempre en las carreteras. En las curvas, la moto no se queda atrás, pero siempre pierde unos centenares de metros que luego va recuperando poco a poco. Simon aprecia la pericia del motorista y decide ponerlo a prueba. Se desvía de la carretera principal entrando en una secundaria, con peor asfalto, estrecha y con algo de tráfico. La moto, en las rectas, a duras penas sobrepasa la barrera de los 300 kilómetros por hora. En cambio, el Aston Martin supera con holgura esa velocidad, sobre todo con las modificaciones que Paul había llevado a cabo en el motor. El motorista termina por caerse en una curva cerrada que pretendió tomar a más de cien por hora. La gravilla hace que se caiga. Keller para y acude presto a ayudarlo. Por suerte, el traje y la hierba donde termina hacen que no se haya roto ni un hueso, pero sí está bastante magullado. El hombre, un francés pelirrojo de unos treinta años, le dice a Simon que es la primera vez en su vida que no consigue pasar a un coche. Lo mira con una mezcla de sorpresa y respeto, lo que, unido a los gestos de dolor por la caída, hacen que Simon no pueda reprimir una carcajada.

Y así, gozando de la velocidad, se presenta en Lyon mucho antes de lo esperado. Enciende el móvil, sabiendo que Jack lo habrá estado llamando con insistencia. Come algo en un bar de comida rápida y a continuación se presenta en las oficinas centrales de la Interpol. Lo hacen esperar unos veinte minutos. Una mujer, vestida de traje oscuro y camisa blanca, lo acompaña hasta la planta del despacho de Dupont. Simon entra y a Dupont le sorprende lo elegante del traje de Keller, pero está muy disgustado por su desaparición durante un día entero.

—Keller, Keller, debería devolverte a la cárcel de inmediato. Estás cogiendo demasiada confianza y eso no me gusta. Si no te encierro es porque has hecho un buen trabajo. No hacía falta que vinieras hasta aquí. Dime, ¿por qué lo has hecho?

—Estoy seguro de que esos tíos me van a tener vigilado. A uno de ellos, al camboyano, o de donde sea, no le gusté y estuvo a punto de partirme la cara mientras hablábamos. He venido, Jack, a contarte todo lo que hablamos, cómo son y qué pretenden. Mi trabajo está hecho, os los he localizado. Lo que no entiendo es por qué no los detuvisteis en ese almacén. Tus hombres nos siguieron, ya que sabías que me habían golpeado y metido a un coche. ¿Qué ocurrió? ¿No nos siguieron? Ahí los teníais.

—No dudes que voy a coger a todos, Simon, con tu ayuda lo haremos. Te presento a Serge, es nuestro mejor dibujante.

Hará a mano, y después por ordenador, retratos robot de las descripciones que ahora nos hagas.

—Perfecto. Encantado, Serge —dice Keller en francés, sorprendiendo al policía.

—Serge habla inglés bien, así que no te preocupes, puedes hablar en tu idioma —dice Dupont.

Simon comienza con Abha, a la que describe con todo detalle. Con los hombres, la descripción es un poco menos detallada, pero suficiente como para que el experto consiga terminar, al carboncillo, unos retratos que se parecen mucho. Gracias a las indicaciones de Simon, Serge, con un retoque aquí y otro allá, acaba por conseguir que sean casi fotografías de los miembros de la banda.

—Magnífico trabajo, Serge, ¡qué talento tienes! —exclama Simon, que siempre ha admirado a todo aquel que sabe pintar o dibujar bien.

—Según dices, parece que falta el jefe de la banda —interviene Jack.

—Sí, eso creo, pero no quiso estar presente. En fin, Jack, creo que mi trabajo ha terminado. Os he conducido hasta ellos, como querías. Están en Londres y tenéis sus caras. He ido demasiado lejos, me lo jugué todo por montar un bonito circo. Tuve suerte y todo salió bien, pero hasta aquí he llegado. He cumplido.

—De ninguna manera has terminado. Ni siquiera te han comunicado que vayas a trabajar con ellos. Es probable, pero aún no estás del todo dentro, Keller. Te recuerdo que sigo con quebraderos de cabeza para tapar el circo, como tú lo llamas. Ahora toca esperar. No creo que tarden en ponerse en contacto contigo. Podrías haberte quedado en Londres. Ahora tienes que volver. Por cierto, ¿de dónde has sacado ese coche que llevas? Solo dime que no es robado.

—Tranquilo, Dupont, el coche es de un viejo amigo. Está

todo controlado en ese sentido. Necesitaba conducir con libertad. Ahora me queda la vuelta, ya lo estoy deseando. En la cárcel me he oxidado un poco, ¿sabes? Tengo que ajustar los reflejos. Por cierto, me dijiste que tenías pensado para mí no sé qué trabajo, para cuando terminásemos con esto de la banda. ¿En qué consiste?

—Lo verás en su momento. Lo prioritario ahora es que vuelvas y que consigas dar un golpe con esa gente. En ese mismo, o quizá en el siguiente, dependiendo, los cogeríamos a todos con las manos en la masa. Has de ir hasta el final. Escúchame bien, Keller: puedo devolverte a ese agujero, a tu querida «alcantarilla», en el momento en que lo considere oportuno, sin darte explicaciones, así que no juegues conmigo. Juega con los demás, pero, repito, con Jack Dupont ni se te ocurra.

—Por cierto —continúa Dupont cambiando de tema—, me han informado de que tras la charla con la banda fuiste en taxi directamente a casa de un conocido vendedor y tasador de joyas. De manera que te dieron algo y lo has vendido.

—Sois buenos los de la Interpol, pero aquí os coláis. No, no fui a tasar nada. El coche, y estoy seguro de que lo sabéis de buena tinta, es de ese hombre, que es amigo mío. Fui a verlo, a pedirle algo de pasta y a que me dejara su juguete. Me debe algunos favores y sé que puedo contar con él. Podéis comprobar la matrícula, pero me parece que no es necesario, porque conocéis todos estos detalles. Vamos, Dupont, ¿qué te ocurre? Me han hecho una propuesta, y me ha costado un buen chichón y un duradero dolor de cabeza, pero esos tíos no están en el mundo para regalar sus tesoros. Serían idiotas si lo hicieran.

—Sí, sabemos que el Aston Martin es de él, pero creemos que has aprovechado la ocasión para venderle algo. No tengo pruebas, pero sé que algo me ocultas. Bien, eso ahora no importa. Si haces bien tu trabajo, quizá podamos recuperar una parte de todo lo que han robado. Lo esencial es detenerlos, aunque no encontremos ni un dichoso anillo. Bueno, Keller, no tenemos más que hablar por hoy. Ahora es importante que tengas mi número; ya has conseguido introducirte, y la verdad es que no esperaba que sucediese tan pronto, por lo que estoy satisfecho. Sin duda, he acertado contigo. Acabaré metiendo entre rejas a todo el grupo. Y tú, a cambio, serás libre como un pájaro. No me falles, Simon.

Keller sale del edificio central de la Interpol con un sabor agridulce. Está satisfecho por haber engañado a Dupont con el asunto de la joya, pero siente un gran fastidio por tener que continuar con esa peligrosa tarea; no tanto por el hecho en sí de infiltrarse y comenzar a atracar con ellos, lo que le atrae sobremanera, sino el tener que estar a las órdenes de un policía, de un madero, como le gusta a él llamarlos. Decide volver a Londres sin más entretenimientos. Conduce como le gusta, a gran velocidad. Por suerte, el coche de Paul está equipado con los mejores equipos electrónicos antirradar, por lo que debe ir frenando, y a fondo, cada pocos kilómetros.

13

Simon llega a Camberley ese mismo día, por la noche, un poco antes de las doce. Abre la puerta de la casa y se encuentra, en el suelo, un sobre blanco. Imagina quién puede haberlo introducido, pero prefiere abrirlo con presteza en lugar de hacer cábalas inútiles.

«Hola, Simon. Felicidades. Has conseguido impresionarnos lo suficiente como para que te queramos dentro del grupo. Nos gustaría que participases en el próximo trabajo. Si aceptas, te esperamos el día 4 en Florencia. En el sobre hay un billete de avión a tu nombre. En el Aeropuerto de Peretola te recogerá una persona; ella te encontrará a ti, limítate a salir del aeropuerto con normalidad. Espero, entonces, que nos veamos pronto. Si no estás allí ese día, no te molestaremos más y no volverás a saber de nosotros.

Abha».

La carta había sido escrita por ordenador. «Han localizado esta casa con demasiada facilidad. No está a mi nombre ni hay un solo documento. Es posible que ese Billy sea un talento, pero parece excesivo. Con razón no consiguen cazarlos, parece que se anticipan a todo», piensa Keller.

Como son las doce y dos minutos, ya es el día 4. Tiene apenas seis horas para descansar de tantos kilómetros. El vuelo es a las nueve de la mañana. Se prepara algo de cenar y se acuesta.

Simon viaja a Italia solo con el pasaporte. No le gusta llevar equipaje. Nada más cruzar la última puerta interior del aeropuerto, un chico joven se le acerca. Es alto, moreno, lleva una cuidada perilla y un pendiente en cada oreja.

—Señor Keller, acompáñeme, por favor. Me envía Abha. Yo le llevaré adonde ella lo espera. Tengo el coche aquí al lado. Me llamo Fabio —dice el joven, un italiano que habla un bonito inglés cantarín, casi sin acento pero muy melódico para un anglosajón.

—Adelante, pues —contesta Simon dándole la mano.

Fabio abre la puerta de un Alfa Romeo blanco. Simon se sienta delante, junto al joven. Este no pronuncia una sola palabra durante el trayecto. Está concentrado en la conducción. Keller decide no hablar. Romper el silencio para decir nimiedades sobre el clima o cualquier otra bagatela siempre le ha parecido una pérdida de tiempo. No entran en el centro de Florencia. El viaje dura solo diez minutos. Fabio para en una calle donde hay algunos edificios altos, todos juntos, en medio de un descampado. No es lo que esperaba de la famosa Florencia, pero eso no le preocupa.

—Usted debe entrar por ahí, por esa puerta verde que tenemos enfrente —dice Fabio—. Aquí termina mi misión. Supongo que alguien le saldrá al encuentro. Ha sido un placer, señor Keller. *Ciao!*

—Adiós, Fabio. Gracias.

Simon se acerca a la puerta verde y espera. No ocurre nada, no aparece nadie. Decide tratar de abrirla. Está cerrada. Fabio ha desaparecido. Cuando está a punto de intentar forzarla con ayuda de una tarjeta de crédito, la puerta se abre súbitamente. Es Abha en persona quien tiene delante. Hoy no lleva, como suele, traje. Va vestida con una camiseta blanca de manga larga, ajustada, y vaqueros lavados a la piedra, de color azul claro, más ajustados que la camiseta. No lleva tacones. Luce unas zapatillas deportivas de color pistacho, con cordones blancos. No lleva ni una gota de maquillaje, y a Simon le parece que nunca debería aplicárselo. Está preciosa. Él no quiere dejar de mirarla, y ella se deja observar, coqueta. Al final es ella quien rompe el hielo.

—No estaba segura de que vinieras, Simon, me alegra verte.

—¿Cómo habéis localizado la casa? Nadie sabe que vivo ahí, en Camberley.

—Ahora algunos lo sabemos. No te preocupes, nosotros nos enteramos de todo. No solo es Billy, tenemos algunos colaboradores más, pero a esos nunca los verás en persona. Ahora, si no te importa, sígueme. Todo el edificio es nuestro. Lo hemos comprado hace unos meses. De vez en cuando nos reunimos aquí, pero nunca venimos todos. Estamos los mismos de la última vez, si es que los recuerdas.

—A algunos los recuerdo más que a otros —dice Keller mirando a Abha con tal intensidad que consigue ruborizarla, pero, al ser de tez tan morena, apenas se nota.

Simon pensó que al entrar en un ascensor sería para subir, pero en realidad bajan.

—¿Vamos al garaje?

—En realidad, no. La parte de abajo de este bloque de pisos es una especie de búnker, está preparada para resistir armas nucleares. Nos gustan este tipo de cosas —explica Abha tratando de mirar a Simon de la manera más neutra posible, contrarrestando la mirada de él, que parece estar besándola con los ojos.

Keller deja que Abha salga primero de la cabina del ascensor. Le mira el trasero con descaro, sabiendo que ella está sintiendo los ojos escrutando su anatomía. Cuando a Simon le gusta una mujer, no puede evitar demostrárselo físicamente. En general, no es la mejor de las tácticas, pero eso sirve solo para hombres normales, incluyendo guapos o atractivos, pero él está en otra categoría. Su rostro es el de un dios griego y sabe que sus ojos ponen nerviosa a la oriental.

Abha se acerca a una puerta de metal, coloca la palma de la mano en vertical frente a algún sensor invisible, y se les franquea la entrada a una gran sala en donde esperan los tres hombres que ya conoce.

Billy está escuchando algo con sus auriculares blancos mientras teclea en su ordenador portátil a una velocidad vertiginosa. La mesa a la que está sentado el trío es de madera fina, cara, bonita, pero no cuadra con el ambiente frío y desasosegante de esa sala que le recuerda demasiado a las cárceles donde ha pasado temporadas excesivamente largas. Tony lo mira con frialdad. Keller saluda a todos con un escueto hola. Billy y Eric se levantan y le dan la mano con afecto, encantados de verlo. Tony hace un leve gesto con la cabeza que lo mismo puede significar un saludo que un «¿qué pintas tú aquí?». Son los mismos de la otra vez. De nuevo el jefe sigue sin querer presentarse, y es un tema que preocupa a Simon.

—Vale, aquí me tenéis. Decidme para qué soy bueno —exclama Keller tras un corto y algo incómodo silencio que nadie se atrevía a romper.

—Tenemos la idea de llevarnos algunos objetos interesantes del Museo Británico —comienza a explicar Abha.

—Bueno, no está mal, apuntáis alto vosotros, desde luego —exclama Keller con franca admiración.

—Los detalles de esta operación los discutirás enseguida con ellos —aclara Abha—. Yo tengo que hacer varias gestiones y, además, el cómo se llevan a cabo los atracos no es asunto mío, no me meto. Solo estoy aquí para asegurarme de que llegabas bien y de que aceptas el trabajo.

—Lo que me extraña es que vuestro jefe, sea hombre o mujer, siga sin aparecer. ¿No va a participar con nosotros en este golpe?

—Haces demasiadas preguntas tú. Te han llamado para organizar a conciencia este asunto, pero a ti te interesa conocer quién es el jefe y por qué no está aquí —dice Tony, que estaba deseando saltar, y la frase de Keller le ha dado pie a ello.

—Creo que es la primera pregunta, y me parece, por otro lado, más que pertinente, teniendo en cuenta que voy a jugarme volver a la cárcel por ayudaros. Lo que me parece es que no hay ningún jefe, sois vosotros cuatro y ya está. Si es así, está bien, por mí perfecto. Simplemente quiero saber en qué aguas me estoy moviendo.

—Simon, si todo va bien y haces un buen trabajo, sabrás todo lo que necesites saber, eso te lo garantizo —dice Abha.

—De manera que estoy a prueba. Y si el trabajo no os gusta, ¿qué haréis? —pregunta mirando solo al vietnamita—, ¿entregarme a los maderos, por ejemplo?

—Keller, ¿qué ocurre? Estás muy a la defensiva —interviene Eric.

—Es evidente que a este tío no le gusto, lo acepto, no hay problema. No creo que sea buena idea trabajar juntos si está esperando a que diga cualquier frase para atacarme. El primer día me golpeasteis para ofrecerme esto, cosa que no me gustó, pero lo he olvidado. Lo que no olvido es que este tipo, si no lo llegáis a agarrar, me rompe la jeta. Eso sí me preocupa. No sé, si hubiera buen rollo, de verdad que me encantaría participar, pero él no me quiere aquí. ¿Para qué forzar la situación? Cada uno por nuestro lado, y ya está.

—Simon, él no toma las decisiones en ese sentido. Su opinión es importante y se tiene en cuenta, pero hay una persona que está por encima —dice la india.

—Bien, de acuerdo. Solo preguntaba por qué no quiere hablar conmigo o por qué no está cuando yo estoy presente. Es lo único que quiero saber —responde Simon, mirando a Abha a los ojos con la misma intensidad que lo hizo en el ascensor.

—De momento, está ocupado. No participa en todos los golpes, solo en algunos. Esta vez, como vas a estar tú, no es necesaria su presencia —continúa ella.

—Muy bien, perfecto. En su día, veremos cuándo, conoceré al misterioso jefe de este grupo. Está claro, no me preocupa. Tema zanjado. Ahora podríais contarme algo sobre vosotros, para conoceros un poco.

—¿A qué viene esto? ¿Que te contemos algo? De eso ni hablar, no pienso decirte nada de mí y os prohíbo a los demás que lo hagáis —gruñe Tony cada vez más alterado.

—¿Lo veis? Da igual lo que diga, está en contra de mí y no hay nada que hacer. No le gusto, y está empezando a resultarme desagradable. Mira, Tony, tú, gracias a Billy, que es un genio, conoces todo de mi vida, al igual que el resto. No me importa, está bien, pero, en contrapartida, creo que tengo derecho a saber algo sobre vosotros. Ahora mismo me gustaría que tú no supieras nada sobre mí, Tony, pero, por desgracia, lo sabes todo.

—No hay problema, Simon —tercia la chica, tratando de calmar a este y al mismo tiempo intentando que Tony no salte y golpee a Keller—. ¿Qué quieres saber? Yo soy india, nací en

Kerala. Vine a estudiar a Londres y decidí quedarme en el país. Me gusta Gran Bretaña, la considero mi casa.

Eric y Billy están un poco incómodos. La actitud de Tony les ha puesto a todos en un compromiso. Es demasiado violento, pero con ellos nunca se había mostrado así de agresivo. Nguyen está manipulando su teléfono y prefiere no escuchar nada. Simon observa con interés a Abha mientras recorre su cuerpo de arriba abajo con la mirada, disfrutando de la exótica belleza de la oriental.

—Yo soy inglés, como tú —interviene Billy deseando apaciguar los ánimos, pues odia las disputas, y Simon, desde el principio, le ha caído bien—. No soy londinense, sino mancuniano.

—¿De Mánchester? Qué bueno, Billy —dice Keller.

—Sí, yo vivía en Mánchester hasta que... bueno, el jefe, al que ya conocerás, me fichó para el equipo. Estaba a punto de crear mi propia empresa tecnológica. Soy un buen programador, pero lo que adoro de verdad es meterme en los ordenadores oficiales y fisgar todo lo que puedo. No se me resiste ninguno. He crecido con un ratón en mis manos. Es lo que sé hacer, y lo hago bien. Si me ves siempre con estos auriculares, no te preocupes, yo escucho la conversación, pero la música me ayuda a concentrarme. De vez en cuando me los quito, no creas.

—Como no sea para ducharte... —dice Eric riéndose.

—Tengo unos buenísimos que se pueden utilizar incluso ahí, pero no creo que os interese mucho a vosotros —dice Billy, riendo con un ruido similar al cloqueo de las gallinas.

—Yo, como ya sabes, soy ruso. Nací en una ciudad llena de contaminación, hielo y nieve la mayor parte del año. No sé si sabrás dónde está Norilsk, es una ciudad del norte de Siberia, la más grande del *krai* de Krasnoyarsk. Alcanzamos a veces los cincuenta y cinco grados bajo cero. De niño llegamos una vez a sesenta. No creo que hayas vivido ese frío nunca, Simon. Londres, a su lado, me parece tropical. Fui soldado de las fuerzas especiales de mi país, el famoso VDV.

—¿El Cuerpo de Paracaidistas? —interrumpe Keller.

—Vaya, sí que estás al tanto, tío. Exacto. Estuve unos pocos años, pero me expulsaron por defender a un colega. Es una historia larga que ahora no viene al caso. Después me busqué la vida por el Lejano Oriente ruso, por Vladivostok y otras ciudades, hasta que recalé en el Cáucaso. En Chechenia y Daguestán aprendí todo lo que sé. Aprendí a pelear con ellos, los mejores luchadores del mundo, en mi opinión. Después me instalé en Moscú.

Un ligero carraspeo interrumpe el relato del ruso. No es otro que Tony, que no está del todo de acuerdo con esa afirmación, y esa es su forma de hacérselo saber a Eric.

—Diga lo que diga Tony, para mí esos tíos llevan la lucha en la sangre —continúa Eric—. Aprendí a abrir cajas fuertes, coches, atracar furgones blindados de bancos y otras cosillas. No soy tan rápido como los demás, pero me defiendo bien. Para mí, este grupo es como mi familia. Me encuentro de maravilla con estos tíos y no tengo pensado hacer otra cosa. Mientras tengamos éxito, seguiré con ellos. Más o menos, esta es mi historia.

Keller ha escuchado los breves relatos de sí mismos sentado cerca de Abha. Ella está muy atenta a las reacciones del grupo, sobre todo a las de Tony, al que teme. No le gusta cuando se pone violento, y ha estado a punto de echar todo a perder con su extrema desconfianza hacia el nuevo miembro.

—Bien, señores —dice Simon—, ahora me toca a mí, supongo. Soy de un barrio pijo de Londres, de clase alta. Mi padre es millonario, pero nunca me hizo mucho caso. Tenía sus negocios y estaba siempre fuera de casa, con sus reuniones y todo eso. Mi madre, al disponer de tanto dinero, adoraba ir de compras y adquirir mucha ropa y muchos caprichos tanto a mi padre como a mí. Todo me parecía aburrido. Mi problema ha sido siempre ese: el aburrimiento. Como me aburría en casa y en clase, empecé a robar, pero solo para divertirme, en plan «a ver hasta dónde consigo llegar». Y cada vez llegaba más lejos. Comencé con pequeños hurtos en tiendas de ropa y de tecnología. Después me atreví a entrar en las casas de mis vecinos. Y lo hacía bien. Soy sigiloso como un leopardo, puedo entrar en cualquier sitio, andar sobre cristales sin que cruja ni uno solo. Es una habilidad que tengo. También me gusta robar coches para conducirlos, nunca para venderlos. Los pruebo un poco, durante unas horas, y luego los dejo, bien aparcados, por supuesto, en otra ciudad.

La última frase provoca las risas de Eric, Abha y Billy. Tony permanece en silencio y fingiendo desinterés.

—Hasta que empecé a probar con joyerías —prosigue Keller—. Ese fue mi error. He trabajado siempre solo y tenté demasiado a la suerte. Un día Scotland Yard estaba esperándome. Me dejaron salir de una joyería con el botín, me siguieron y me detuvieron al día siguiente, por la mañana, mientras dormía. Esos tíos no son tan paquetes como nos pensamos muchas veces. Después, la cárcel, con distintas escapadas, alguna de ellas bastante interesante. Como ya os dije, va a ser la primera vez que trabajo con alguien; en este caso, con varios.

—Veo que, exceptuando a Tony, os podéis llevar bien. Ahora he de salir. Os dejo para que podáis discutir los detalles del plan —dice Abha.

—¿Por qué dices excepto Tony? —pregunta el vietnamita, que no le gustaba que los demás no viesen, como él, el peligro que representaba ese hombre.

—Bueno, es obvio que le tienes antipatía, pero esto no es un club de amigos ni estamos de vacaciones. Cada uno puede tener sus propias sensaciones, y nadie te obliga a que Simon te caiga bien. Solo espero que eso no represente un problema a la hora de trabajar. Si es así, dínoslo ahora, Tony. Sabes que lo hablamos todo. Si no quieres trabajar al lado de Simon, puedes renunciar a hacerlo.

—No creo que sea yo quien deba salir. He demostrado en decenas de ocasiones mi fidelidad y buen hacer. Son otros los que han de demostrar lo mismo. De momento solo lo estoy poniendo en duda, no he dicho que no sea capaz. Tiene numerosas habilidades, eso salta a la vista, pero, como él mismo acaba de reconocer, va a ser la primera vez que trabaje en grupo. Veremos si se adapta. Por mí, no hay ningún problema. Yo me he negado a hablar de asuntos personales. Seguramente podremos trabajar juntos bien, si es rápido y tan sigiloso como afirma. Yo también lo soy. Estoy deseando que empecemos a hablar de lo que interesa.

—En ese caso, me voy tranquila. Bien, esta noche os espero en la dirección que sabéis. Cenaremos y nos divertiremos un poco —dice Abha antes de salir por la puerta metálica.

Keller mira a Billy y a Eric, por el momento, prefiere evitar el contacto visual con el oriental, pues siente que sería fácil comenzar otra disputa por cualquier frase o mirada. Es el inglés el que toma la iniciativa.

—De acuerdo, Simon. Te voy a poner al corriente. Nuestro siguiente trabajito, como te hemos dicho, va a ser en el Museo Británico.

Billy se queda unos segundos en silencio para analizar la reacción de Keller. Nota una cierta sorpresa, pero también ve cómo las comisuras de sus labios inician una sonrisa. Parece que le gusta la idea.

—A nosotros nos gusta seleccionar bien lo que vamos a coger. Tiene que ser justo y exclusivamente lo que planeemos.

Nunca más. Si hay problemas, puede ser menos o incluso nada, aunque de momento no hemos vivido esta última situación. La próxima semana se van a exponer en el museo una serie de objetos de oro de gran valor. Monedas chinas de hace dos mil quinientos años, bastones, coronas, anillos y otras joyas del Egipto de los faraones, objetos de oro de las civilizaciones inca, maya y azteca, provenientes de distintos museos repartidos por todo el mundo, incluyendo, en algunos casos, objetos de colecciones privadas. Nos interesa, por supuesto, lo más pequeño, ligero y manejable. Queremos coger todas las monedas chinas, la totalidad de los anillos y pendientes de Egipto y, dependiendo de dónde y cómo las coloquen, también las piezas más pequeñas de la América precolombina.

—Me parece muy interesante, chicos. Contad conmigo. Robar en el Museo Británico, vaya... No os paráis en barras. Supongo que la seguridad será excepcional, pero algo me dice que para vosotros no representa un gran problema —dice Simon.

—Así es, Simon. Ese tema es para mí. Yo me encargaré de desactivar todas las alarmas de las vitrinas, todos los sensores láser de las salas; en fin, todo aquello que pueda ser anulado, lo será, no tengas duda. Vosotros, Eric, Tony y tú, seréis los encargados de ir abriendo las vitrinas y cogiendo, en este estricto orden de tamaño, lo más interesante. Como te he dicho, las monedas primero, pues se transportan muy bien y además tienen una excelente venta en el mercado negro. Los compradores ya los tenemos. Pero vamos a hacer algo más. En el lugar de las joyas, pondremos imitaciones que ya obran en nuestro poder. Están en Londres. Abha será la encargada de seleccionar, durante los tres primeros días, la localización de todas las joyas de las que tenemos copia. Después, una noche, tenemos pensado que sea la tercera, pero podría ser la cuarta, entraréis en el museo. Yo os iré abriendo todas las puertas.

—Vigilantes, Billy —dice Eric—. ¿Tenemos ya las cifras de cuántos son y qué rondas hacen?

—Es importante no tocar a ninguno de ellos, Eric. Espero que no tengas que ocuparte de nadie. Eso significaría que algo ha salido mal. Este golpe necesita sigilo. Yo voy a ir cambiando lo que ven en las cámaras de vigilancia. Esas no las voy a desconectar, les serviré imágenes de que todo está tranquilo. Necesitamos que consigáis reemplazar las joyas por las copias.

—Está todo claro, Billy, pero tengo una pregunta —interrumpe Simon—. ¿Por qué arriesgarnos, perdiendo un tiempo que puede ser vital para escapar, poniendo imitaciones?

—Es un robo, pero también queremos probar cuánto tiempo tardan en descubrir el engaño. Lo hemos hecho, alguna vez, con algún cuadro. De momento, que sepamos, nadie ha notado que lo que tienen en las paredes es una falsificación, pero es posible que sí lo sepan y prefieran no airearlo para evitar el escándalo. También es por puro placer, juego. Nos gusta jugar, ir al límite.

—Me gustáis, sí, señor. Así soy yo también. Sois adictos a la adrenalina, como el menda. Magnífico —exclama Keller entusiasmado con la explicación de Billy.

—Por si algo saliera mal, que no es imposible, pues lo que pretendemos es demasiado arriesgado, la fuga será a través del metro de Londres —explica Billy.

—Entiendo. Lo haremos un viernes o un sábado entonces —dice Simon.

—Exacto. Os mezclaréis con borrachos, drogatas y todo tipo de aves nocturnas londinenses. Y aquí es donde entras tú en acción, Simon. Eric y Tony escaparán del museo en metro, sí, pero tú no. Saldrás a la calle y jugarás al gato y al ratón, como hiciste hace poco con la policía. Yo les iré cambiando semáforos y desactivando su radio central, para que no puedan comunicarse, pero tu habilidad es insustituible, ahí no puedo hacer nada. Tendrás que ir perdiéndolos. Todo esto, solo en el caso de que algo falle, que no creo que suceda. Nos gusta tener siempre todo bajo control. Si todo fuera bien, irás con Eric y Tony hasta el metro y os iréis bajando en paradas diferentes. Bien, ahora vamos a estudiar a fondo los planos del Museo Británico. Abrid las carpetas que tenéis delante, muchachos.

Los cuatro hombres comienzan a mirar el plano del museo y a discutir distintos aspectos técnicos de la operación. Tony y Simon parecen haberse olvidado de la tensión con que ha comenzado la reunión. Pero Keller sigue sin saber ni un solo dato personal acerca de ese misterioso hombre.

Por la tarde, Keller, Eric, Tony y Billy acuden en coche, conducido de nuevo por el italiano del aeropuerto, a una magnífica mansión de las afueras de Florencia. Allí los esperaba Abha. La casa tiene dos pisos y diez habitaciones. En el gran salón de la planta baja hay preparada una mesa con todo dispuesto para cenar. Abha le parece a Simon más guapa que nunca. Lleva un vestido de noche largo, de color rojo oscuro, con un collar de perlas y dos grandes aros de plata en las pequeñas orejas.

—¿Qué celebramos? —pregunta Keller.

—Nada especial. Esta es una de nuestras casas. A veces nos reunimos aquí. Está a nombre de un testaferro, por supuesto, pero es de nuestra propiedad —explica ella.

Es magnífica, tenéis buen gusto —responde Simon, admirando la decoración de la casa, en especial los cuadros que lucen las paredes. Keller permanece delante de uno de ellos. No es experto en arte, pero le parece que ese Van Gogh podría ser auténtico. Se trata de *La noche estrellada*. Ese cuadro, si es auténtico, debería estar en algún museo, bien en Ámsterdam, bien en cualquier otro del mundo. Lo mira detenidamente. Abha se acerca a él, por detrás, en silencio. Simon nota su presencia sin necesidad de girarse. Ese perfume que lleva, unido a su atractivo extraordinario...

—Si es una copia, es excelente. Aunque sé que los autores de falsificaciones son grandes artistas, pero...

—Pero te parece que es auténtico, ¿no es así?

—Es fantástico, sí. No me digas más, os lo habéis llevado de algún museo. No sé dónde se expondría este cuadro.

—Bingo. Estás ante el original. Sacado del mismísimo Museo de Arte Moderno de Nueva York. La que es extraordinaria es la réplica que dejamos en su lugar. Ni siquiera lo han notado, o si lo han hecho, prefieren no contar la verdad. La gente no sabe nada. Esto sucede mucho, Simon. Gran parte de los cuadros que se exponen son, en realidad, réplicas excelentes. Los originales los tienen los millonarios del mundo. O gente como nosotros, que no nos privamos de nada.

—Entonces, si he entendido bien, lo robasteis solo para disfrutar de él, no para venderlo —dice Keller.

—No, en realidad sí lo vendimos. Pero este es el original, o al menos el que sacamos del museo. No es imposible que ya fuera una réplica, aunque creemos que es el auténtico —aclara ella.

—Por lo tanto, le vendisteis otra réplica. Chicos, sois brutales. ¡Qué bueno!

Abha, por toda respuesta, guiña a Simon un ojo. Por primera vez, él la nota más relajada a su lado.

—No estaba planeado hacer esto, pero el jefe se encaprichó con este lienzo y decidimos entregarle una réplica hecha por el mismo artista, con lo que tiene algo idéntico a lo que está ahora en Nueva York. Es perfecto —explica la india.

—Creo que me esperan momentos intensos a vuestro lado.

—¿Qué tal ha ido todo con los chicos?

—Bien, Tony ha estado muy tranquilo, no hemos necesitado atarlo ni nada. Todo bien, si te referías a él.

—Sí, claro, me preocupa lo mal que te ha aceptado. Estamos todos un tanto sorprendidos por este comportamiento, aunque es cierto que es la primera vez que tenemos que probar a un nuevo miembro. Más o menos empezamos al mismo tiempo, nos conocemos desde hace mucho y formamos algo así como una familia. Parece que a Tony le cuesta más aceptar que se pueda incorporar alguien nuevo.

—Me interesa más lo que opines tú, en realidad —dice él.

—Apenas te conozco, pero yo di mi aprobación, si es lo que me preguntas.

Keller lleva el caro traje que compró en Londres. Está afeitado y su rostro resplandece como nunca. Abha no puede resistirse a mirarlo, como les sucede a todas las mujeres que lo ven.

—Lo bueno de tener esa carita de ángel es que no levantas sospechas. Sueles tener cara de niño bueno, cuando supongo que eres todo lo contrario.

—¿Qué te lleva a sacar esa conclusión?

—¿Es, quizá, precipitada?

—Has dicho que apenas me conoces, pero ya das por hecho que soy un chico malo. Malo, ¿en qué sentido? —pregunta Keller.

—No digo que malo, sino pícaro, astuto, pero solo en cierto sentido. Cómo decirte... Con nosotras, con las mujeres. Ningún hombre me había mirado así nunca como lo haces tú.

—Ah, vaya.

—Y tengo que decirte —añade ella— que me incomoda un poco. Me hace sentir extraña, insegura. En fin, me gusta ser directa, como ves.

—Es perfecto. Me gustan las mujeres directas, Abha. Y dime, ¿cuál es esa manera especial con la que miro?

—No sé si la tienes ensayada o es algo natural, pero desconcierta. Atrae y al mismo tiempo te sientes desarmada, no sé. No puedo decir que me disguste, eso no, pero no estoy acostumbrada. ¿Sueles mirar así a menudo a las mujeres? No noto la misma mirada cuando hablas con Billy o Eric, por eso te lo digo.

—Eres, además de bonita, divertida —ríe con ganas Keller, utilizando una vez más esa mirada que tan nerviosa pone a Abha.

—La mesa está servida. Sentémonos —dice ella, aliviada con el hecho de que el servicio de la mansión acaba de servir la cena.

La velada transcurre entre grandes silencios, rotos de vez en cuando para comentar las exquisiteces de tal o cual plato. Simon solo tiene ojos para Abha. Está sentado justo enfrente de ella. La joven india trata de comer sin mirarlo demasiado, pero ese hombre ejerce una atracción física que es difícil de resistir. No puede evitar que sus miradas se crucen en más de una ocasión.

Tras la cena, salen los cinco a la gran terraza de la mansión. Es una noche fresca y clara de finales del invierno toscano. Keller, con una copa de un magnífico *whisky* escocés reserva de doce años, se sienta en un taburete a saborearlo. Los tres hombres están juntos, hablando de herramientas para el golpe del Museo Británico. Simon considera que todo lo han hablado ya en la reunión y no le apetece seguir discutiendo sobre ello. En cambio, está encantado con la posibilidad de poder contemplar a Abha, que está también sentada, en el balancín de la terraza. Parece pensativa. Desea abordarla, pero le incomoda la presencia de Tony. Debido a eso, prefiere esperar. A la media hora, Tony y Billy se retiran adentro. Eric se acerca a él.

—Simon, ¿te gusta la mansión?

—Es magnífica, desde luego. A quién podría desagradarle una casa así. Se está muy bien. Me gusta mucho el aroma que desprenden los cipreses del jardín, creo que da tranquilidad. Siempre me ha gustado ese olor.

—¿Te gustaría ver la pequeña colección de juguetes que tenemos en el garaje?

A Simon se le iluminan los ojos. Los coches son su debilidad. Se levanta del taburete como un resorte y ese gesto hace reír con ganas al ruso.

—No hace falta que me jures que te gustan los coches. Vamos —dice Eric, agarrando amistosamente a Keller del hombro y entrando en la casa. El garaje se halla en una planta baja sita a más de diez metros bajo tierra. Utilizan el ascensor. Tras salir del pequeño elevador, Keller descubre que con un garaje tan surtido como ese podría ser feliz el resto de su vida. E intuye que, junto a «Los Finos», podría conseguirlo con unos pocos trabajos.

—No se puede negar que tenéis buen gusto, tíos —exclama Keller con un silbido de admiración.

Hay un total de ocho vehículos. Simon se acerca al primero y mira a Eric, después al coche.

—Está abierto, siéntate, hombre —dice Eric sonriendo.

—Un Audi Sport Quattro S1, el que se utilizaba en los *rallies* en los setenta y ochenta. Es una auténtica maravilla. No puedo creerlo. Estos coches son de colección, es casi imposible hacerse con uno.

—Este fue el último con el que corrió un famoso piloto finlandés. Si alguien puede domar a esta bestia, eres tú,

Simon. Conduzco bien, pero reconozco que este coche se me va de las manos. Es difícil incluso mantenerlo recto si aceleras a tope, es brutal.

—Me gustaría dar una vuelta con él, si es posible, aunque aún no he visto el resto. Es difícil conducir coches de este tipo, sin ayudas electrónicas como tienen ahora —dice Simon.

Se baja del coche y echa un vistazo rápido al resto de automóviles. Un McLaren P1 GTR, de escandaloso aunque bello color morado claro, llama su atención. Lo conoce, lo condujo antes de entrar en la cárcel. El siguiente es un musculoso y espectacular Icona Vulcano, un deportivo de grandes prestaciones fabricado en China.

—No conocía estos cacharros, Eric. Es atractivo, sin duda. Me gusta.

—Los chinos, Simon, ya hacen de todo, y lo hacen muy bien, por cierto. Es mi favorito, definitivamente. He recorrido media Europa con él. Este es mío. Todos podemos usar cualquier vehículo, pero algunos de ellos los consideramos nuestros, a pesar de que ninguno está a nuestro nombre, por supuesto. Te he traído aquí con un motivo doble, como imaginarás. Para que disfrutes un poco y también para que elijas, si quieres, uno de los coches por si tenemos que escapar del Museo Británico siguiendo el plan B. Adelante, sigue mirando.

—Lujo inglés, Eric, qué preciosidad —dice deteniéndose delante de un Aston Martin Q. Es un modelo personalizado, un guiño a James Bond y sus películas. El coche es de color rojo burdeos, metalizado, con asientos de cuero también rojos.

—No me digas de quién es este, Eric, déjame adivinarlo. De Abha.

—Exacto. Cuando venimos a Florencia le gusta pasearse con él. Ella no sabe conducir muy rápido, pero creo que le gustaría aprender. De todas formas, con su cuerpo, su cara y este coche llama la atención allá donde va, de eso no hay duda.

—Creo que sería el ideal. En Londres, este coche no llamaría tanto la atención, porque es elegante. Puedo escapar de los maderos conduciendo un coche de setenta caballos, así que el motor es lo de menos. El Audi voy a probarlo, pero es demasiado escandaloso. Si acepta Abha, utilizaré este.

—Me parece perfecto —afirma el ruso, aliviado de que Keller no haya elegido su bólido.

—¿Te atreves a venir conmigo con la bestia parda esta? —pregunta el inglés refiriéndose al Audi de competición.

—Será un placer, Simon. Vamos.

—¿Tenemos que avisar a los demás?

—¿Avisar? Somos mayores. Mira, Simon, en este grupo hacemos todos lo que nos viene en gana en cada momento. Nadie rinde cuentas a nadie, somos como una familia bien avenida, es fantástico, de verdad. Ya verás, te va a gustar estar con nosotros, eso te lo garantizo.

—Adelante entonces. Abróchate el cinturón, que salimos.

Eric, que conoce bien los alrededores de Florencia, le explica a Simon que hay un camino de tierra cerca de la ciudad donde de noche no suele pasar ni un solo coche. Keller ha observado que los neumáticos que lleva el vehículo son, precisamente, para tierra. Adora conducir de noche y ese monstruo con ruedas lleva, además de las luces normales, unos focos adicionales para mejorar la conducción nocturna. Pone el coche casi al límite. Al principio Eric disfruta, va tranquilo, incluso aúlla de vez en cuando con los giros que Simon hace dar al coche. Utiliza poco el freno de mano porque, con un coche tan potente, sabiendo usar bien el acelerador se consigue cruzarlo de igual manera.

—*Vot eto da*, Simon! Joder, conduces aún mejor de lo que pensaba. Habrías ganado *rallies*, tío, en serio, no sé cómo puedes mantenerlo en el camino a tal velocidad, de noche, en tierra. ¡Es increíble!

Justo entonces, un trozo mal peraltado del camino hace que el coche vuele por el aire durante dos segundos a ciento ochenta kilómetros por hora. El aterrizaje brusco hace gritar al ruso, creyendo que volcarían, pero Keller consigue enderezar el coche. Ese modelo estaba bien preparado para ese tipo de saltos, con una suspensión especial que fue la mejor del mercado en su día.

Al verse a salvo, Eric ríe a carcajadas, aliviado y asustado al mismo tiempo, pero feliz de estar viviendo unas sensaciones que muy poca gente en el mundo puede proporcionar, salvo ciertos pilotos que no suelen pasear así a nadie de manera gratuita.

—Bueno, Eric, volvemos si quieres. Llévalo tú un poco, si te apetece.

—En absoluto, estoy disfrutando de cada segundo, Simon, de verdad. Reconozco que en unas cuantas curvas me he cagado de miedo, y jamás había pasado este miedo en un coche, nunca, pero tu pericia es alucinante. ¿Cómo va a cogerte la policía? Ni doscientos coches patrulla podrían meterte mano jamás. Qué fichaje hemos hecho. Y pensar que el tonto de Tony está receloso...

—Me preocupa ese tema, Eric —dice Simon aprovechando el momento de euforia del ruso para sonsacarle información—, ¿por qué le he caído tan mal desde el principio?

—Te juro que no lo sé. Ninguno de nosotros le habíamos visto así de agresivo con nadie, nunca. Es cierto que cuando pelea sí se vuelve muy violento, es como una máquina de picar carne, pero fuera de las jaulas de lucha le creía inofensivo. Creo que ve en ti un rival o algo, no sé. Le impresionó mucho tu juego con los policías con ese todoterreno. Tony conduce muy bien, aprendió en Japón. Él es bastante reservado, pero estamos casi seguros de que ha trabajado para la Yakuza japonesa, la mafia más jodida de Asia. Allí aprendió a conducir bien, pero no creo que sea capaz de hacer lo que has hecho tú ahora con esta máquina tan peligrosa. Es más de filigranas, trompos, frenadas y giros espectaculares, haciendo mucho ruido con los neumáticos. No sé, es algo diferente. Tú pilotas, vuelas, no parece que vayamos en un coche, sino en alguna especie de nave, de avioncillo, no sé cómo explicarlo, pero es extraordinario.

—No es nada, Eric, cada uno tiene sus talentos. Seguro que tú tienes los tuyos; te veo muy fuerte. Tus manos parecen de acero. Cuéntame algo de ti, si no estás en contra, claro. Después de estar con Tony, apenas me atrevo a abrir la boca.

—Soy un ruso normal, sin demasiadas pretensiones. Bebía como una bestia en mi juventud, en el Ejército ese problema se acrecentó, pero soy muy fuerte y lo soporto bien. Ahora apenas pruebo el alcohol, quiero mantenerme bien para proteger a este grupo, es mi familia ahora, Simon. Me gustaría conocer algún día a Vladímir Vladímirovich, ya sabes...

—Vladímir Vladímirovich...

Eric ríe con ganas, viendo el desconcierto de Keller.

—Putin, hombre, el presidente de Rusia. El hombre que ha sacado a nuestro país del marasmo absoluto de los locos años noventa, donde el país se estaba yendo a la mierda de forma acelerada. No digo que todo esté bien ahora en Rusia, pero ha vuelto el orden. Rusia necesita, siempre lo necesitará al ser un territorio tan grande, un líder fuerte al que no le tiemble el pulso. En Europa es como un demonio, se le critica todo, pero la visión en Rusia, excepto por cierta oposición en Moscú y San Petersburgo, es otra muy distinta. Lo apoya casi todo el mundo, especialmente en las aldeas. Es mi ídolo, en serio. Pero con esta vida que llevo va a ser difícil que pueda hacerlo. Soy un delincuente.

—Quién sabe, Eric, quizá algún día... —comenta Keller con una media sonrisa condescendiente.

—Es un sueño, pero me gustaría, sí —comenta Eric en voz baja.

Keller baja el ritmo de conducción, por si acaso el ruso se decide a comentar algo del jefe, pero no vuelve a abrir la boca y Simon acelera de nuevo, disfrutando con el exigente pilotaje que demanda un coche de competición de esas características.

Regresan a la mansión. Simon aparca el auto de carreras en su plaza. Cuando ambos se bajan del vehículo, comprueban que allí delante está Abha. Eric nota que ella quiere hablar con Keller y decide dejarlos a solas, no sin antes hacer un comentario.

—Abha, no creo que pudiéramos tener un piloto mejor que este. Ha sido una experiencia inolvidable. Lo que puede hacer este tío con un volante es indescriptible. Buenas noches a los dos, me retiro.

—Buenas noches, Eric. No sabía que habíais salido a correr, podríais haberme llamado —dice ella.

—En realidad, he bajado a enseñarle a Simon los coches y a que eligiera uno para el plan B.

—Bien, ¿cuál has elegido? —pregunta la india con interés.

—Como le he dicho a Eric, me quedo con el Q. Qué líneas tan elegantes, qué belleza, qué formas... —exclama él, mirando a Abha para que sepa que en realidad esos adjetivos se los está diciendo a ella.

Eric sube en el ascensor y se quedan solos en el garaje.

—Supongo que querrás probarlo —propone ella.

—En realidad, no. Conozco bien el comportamiento de esta máquina. Lo he conducido. Prefiero admirarlo. A veces prefiero solo observar los coches por fuera, sin subirme.

—¿No me llevas a dar una vuelta con él?

—Eso es distinto. Si te apetece, adelante, sube a tu coche

—dice Simon riendo y mirando a la mujer como si fuera la primera vez que la viese.

Keller no conoce Florencia y Abha es la encargada de ir guiándolo por las calles de la ciudad. Simon va despacio, casi parado. Apenas toca el acelerador. Abha lo mira. Empieza a intuir que Simon no es un hombre como los demás. Es peligroso. Demasiado guapo, quizá el hombre más guapo que ella haya visto nunca. Maneja todas las situaciones con maestría, sabe esperar, no se precipita. Ella quería sentir su conducción deportiva, pero él decide hacerla esperar. Cuando llevan casi una hora recorriendo las mismas calles, Abha, sin poder contenerse más, salta:

—Vale, Simon, tú ganas. Vas a hacer que te lo pida. Me gustaría ver cómo conduces. Creí que te había quedado claro, pero te limitas a pasearme a la velocidad de esa película... ¿cómo se titulaba?

—*Paseando a miss Daisy...* —apunta él.

—¡Exacto!

—Entonces, ahora estoy paseando a *miss* Abha.

—¡Qué gracioso! Reconozco que el paseo me ha gustado, pero quizá sea interesante que pruebes cómo reacciona el coche cuando aprietes un poco el pedal que tienes a la derecha.

—Abha, no acostumbro a llevar deprisa a las mujeres. Es un riesgo innecesario. Sé conducir, desde luego, pero siempre puede surgir algún imprevisto, una liebre que salta de repente, una rueda que se pincha... Puedo llevarte a la casa y después salir otra vez yo solo para probarlo.

—No me trates como a una niña. Esto es profesional. Es trabajo, no intentes ligar conmigo, Simon. Yo he querido subir para ver tus dotes de conductor, no confundas las cosas, por favor.

—No confundo nada, Abha. Está bien, si de verdad es lo

que quieres, ponte el cinturón, lo llevas desabrochado —dice él aprovechando la excusa para mirar justo a la zona del escote y detenerse ahí más de lo conveniente.

—Con el Audi hemos ido por caminos de tierra. Ahora iremos por asfalto. No deseo manchar tu cochecito. Por cierto, me gusta el color.

Keller sale de Florencia en dirección sur, acelerando al máximo en cuanto entran en la autopista. Pone el vehículo a 280 kilómetros por hora y continúa así en cuanto empiezan las primeras curvas. Durante las rectas, Abha iba confiada y tranquila, pero al ver la velocidad con la que Keller toma esas curvas, sin tocar jamás el pedal de freno ni hacer amago de levantar el pie derecho, se remueve en su asiento, intentando que no lo note Simon. «Ahora empieza lo bueno, niña. ¿Querías diversión? La vas a tener a raudales, no sufras».

Sale de la autopista y busca las carreteras comarcales más estrechas, los típicos caminos de la Toscana italiana plagados de curvas entre colinas. Es ahí donde Simon disfruta y no tiene rival, en carreteras estrechas, con mal firme, de noche y con una belleza incomparable a su lado. Hace derrapar el coche en alguna curva, culeando a propósito, tras haber desactivado el control de tracción automático desde el principio. Abha aguanta impertérrita, pero empieza a pasar verdadero miedo. No puede confesárselo después de haberle casi obligado a hacer justo lo que está realizando. A los pocos kilómetros decide no mirar hacia adelante. Poco después ya viaja con los ojos cerrados. Simon disfruta. La observa, sonríe, intenta evitar la carcajada que puja por salir de su pecho. Acelera un poco más, pues está solo jugando.

—Bueno, Abha, el calentamiento adecuado de los neumáticos ya está hecho. Ahora podemos pasar a la fase dos.

—¿Calentamiento?, ¿fase dos? ¿De qué me hablas, Simon?

—pregunta ella, francamente asustada, abriendo los bellísimos ojos, que en ese momento son solo los de una niña aterrada.

—Esto no es correr, Abha, estábamos paseando y, como te digo, calentando un poco las gomas. Hace fresco hoy y la carretera no está a la temperatura idónea. Pero si tienes miedo, volvemos, por supuesto. Dime, ¿te sientes bien?

—Vale, maldito cabronazo, vale, está bien, has conseguido asustarme en serio. Lo tuyo es demasiado. No he visto a nadie hacer esto con un volante en las manos. Y ahora dices que era solo el calentamiento. No estoy preparada para ver más. Si no te importa, me bajo aquí, llamo a un taxi y tú puedes seguir probando el coche, no me importa, de veras.

—Abha, tú misma estabas un poco enfadada porque te llevaba despacio. ¿Ves como yo tenía razón, mujer?

Simon para el vehículo en el arcén con suavidad, se baja, pasa al lado izquierdo y abre la puerta a Abha, ayudándola a salir. Está temblando.

—Gracias, Simon. No soy ninguna mojigata, ¿sabes? Creía que no tenía miedo a nada, pero no te conocía. Todo tu ser me da miedo, tu persona entera.

—Gracias, Abha, es agradable escuchar eso de una mujer —ironiza él con un gesto de tristeza no fingido.

—No, no lo entiendes, Simon. Me da miedo lo bello que eres, me da miedo lo seguro que estás de ti mismo. Pero lo que más me asusta es...

La india deja la frase en el aire y empieza a andar por la campiña toscana, metiéndose, tras quitarse los zapatos de tacón, por la tierra fría y húmeda. Simon la sigue, se quita su chaqueta y se la pone sobre los hombros a Abha.

—Gracias —dice ella.

—Abha, este paseo, sobre todo la primera hora... ha sido magnífico. He estado encerrado, hace tiempo que estoy solo. Me he sentido muy bien contigo al lado. Solo quería que supieras esto. No quería hacer ningún alarde contigo, no es necesario. Ya viste el vídeo por la televisión. ¿Qué querías comprobar? Esto da miedo, a todo el mundo, no te sientas mal ni débil, es lógico. Aun así, no he ido demasiado deprisa, pero, como te he dicho antes, jamás llevaré un coche al límite si eres tú la que está a mi lado.

—Te agradezco estas palabras, Simon. Ahora... ¿volvemos? Estoy cansada. Mañana regreso a Londres. Nunca lo hacemos juntos, cada uno regresa por su cuenta. Tú puedes hacerlo cuando quieras. Puedes quedarte aquí, en la casa, es muy acogedora, se está bien.

Simon la mira a los ojos, ella no aparta la mirada. Se están hablando con la vista, no necesitan palabras. La noche es fría, el cielo está despejado, negro, no hay luna. Las estrellas titilan a millares. Keller se dice que, por un momento así, ha merecido la pena salir de la cárcel, aunque todo salga mal y vuelva adentro. Simon sabe que hay un momento preciso, un instante único en el cual, si sabe esperar, la mujer lo valorará más que si tratara de besarla. Y ese momento lo tiene delante. Le apetece besarla, pero lucha consigo mismo y no lo hace. Si ella decide acercar sus labios, es consciente de que no podrá retirar los suyos, pero Abha espera, paciente y ansiosa a un tiempo. Simon le agarra la mano y se la aprieta, ella lo acepta y se aproxima al cuerpo del inglés. Acerca su rostro al del hombre hasta que sus labios casi se tocan, pero ninguno de los dos da el paso de besar al otro. Es la primera vez que un hombre se contiene con ella de esa manera. Le encanta, piensa que no podrá soportarlo mucho tiempo. El rostro de ese hombre es demasiado perfecto para resistirse. La tensión se mantiene: Abha no puede apartarse y Simon no hace amago ni de besarla ni de alejarse de ella. ¿Qué pretende ese joven de rostro de estatua clásica? Desprende un vago olor que Abha no sabe si es el de un perfume o el aroma de su piel, pero le encanta. Se quedaría así toda la noche. Siente que es un hombre peligroso, pero, por otro lado, se siente segura a su lado como no se había sentido nunca. Le parece extraño y se lo hace saber.

—Es extraño, Simon —dice rompiendo el momento—, me siento muy bien aquí, contigo. Al principio prefería no estar muy cerca de ti, pero no se está tan mal después de todo.

—Dime, Abha, ¿qué pintas tú con este atípico grupo de ladrones? No hace falta que te diga que es peligroso. Sé que no participas en los golpes, me lo has dicho, pero si colaboras con ellos, antes o después te cazarán, como a todos, a los chicos también. Nos cogerán a todos algún día. ¿Has estado en la cárcel?

—Ni siquiera me he planteado cómo me sentiría allí. Pese a que sé a lo que me expongo, no soy tan inconsciente. Supongo que será terrible, ignoro si lo podría soportar...

—Hay personas que no se sienten tan mal, en serio; pero hay otras, como yo, por ejemplo, y algo me dice que tú eres como yo en este sentido, que no podemos resistirlo. La falta de libertad nos mata en vida. Me he fugado varias veces, pero han vuelto a atraparme. Me faltan contactos, siempre he trabajado solo y, al final, sin padrinos, no eres nadie. Ese es mi drama.

—Y te estás arriesgando por nosotros ahora —interrumpe ella.

—Me secuestrasteis a golpe de porra y a punto estuve de ser pateado por el loco ese de Tony; dime tú, qué opciones tenía. Podría haberme negado, por supuesto, estuve a punto de hacerlo, pero cuando vi la carta supe que me encontraríais siempre. Así que, mejor con vosotros que contra vosotros. Me habéis puesto entre la espada y la pared. De todas formas, me gusta cómo vivís, en serio, quiero formar parte de esto. Tanto lujo, la libertad de la que gozáis, no sé, aún no conozco casi nada, ni siquiera al famoso jefe que tanto se oculta de mí, pero me atrae. No puedo evitarlo. Aunque todo esto me conduzca al abismo, corro de cabeza hacia él sin pensarlo; soy así. Aún no me has contestado. ¿Qué pintas tú aquí, Abha?

—Verás, cuando estudiaba en la universidad, en Oxford, me metí en una serie de líos económicos. Empecé a jugar por Internet, en el casino, y en un momento determinado vi que mis deudas ya eran impagables. El jefe del grupo se enteró y me ofreció esto. Soy una experta contable, se me dan muy bien las matemáticas, tengo ojo para la bolsa y soy la que lleva las finanzas del grupo.

—Entiendo. ¿Sigues jugando?

—De vez en cuando me paso por algún casino, pero siempre con poco dinero. Digamos que pierdo poco, ya que ningún jugador puede decir, a la larga, que gana. Nadie gana. No es tanto el dinero lo que me atrae, sino el ambiente, esa maldita ruleta, la bolita ahí dando vueltas, sabiendo que si cae donde debe te puede hacer millonaria en una noche. Pero nunca sucede. Sé que están trucadas, por supuesto, pero, aunque lo estén, no entiendo por qué algunos a veces sí ganan grandes sumas. En fin, acabo de contarte mi debilidad. Esto solo lo sabe... él.

—De manera que es un hombre —dice Simon.

—Pronto lo conocerás, él ha querido que fuera así. Necesita saber si estás con nosotros, y el golpe del museo le parece una buena prueba. Creo que después vendrás con nosotros a un sitio y lo conocerás en persona.

—Se hace tarde, Abha, quizá debamos regresar. Hemos recorrido muchos kilómetros, aunque no te lo parezca. Florencia está a casi doscientos kilómetros de aquí.

—¡Vaya! Me han parecido unos pocos minutos.

—De hecho, no han sido muchos, pero tu cochecito tiene una buena velocidad punta.

—¿Sabes? Creo que no voy a coger mañana ese avión. Cogeré otro por la tarde. Así que puedes volver a otra velocidad, por favor. He tenido bastante.

—Lo mejor es que lo lleves tú. Me gustaría que alguien me llevara a mí, para variar —replica Simon sacando la llave del bolsillo, abriendo la mano de Abha y depositándola sobre la palma, para cerrarla después. Le apetecía tocarle la mano y decide que era la mejor manera.

—De acuerdo, yo te llevo. Pero no te duermas. No me gusta mucho conducir de noche, no suelo hacerlo, y menos por carreteras estrechas y sin iluminación como estas.

14

SIMON SE LEVANTA TARDE, casi a las once. En la casa solo está Billy. Abha, finalmente, cogió un vuelo en la mañana. Tony y Eric, le informa el adolescente, acaban de salir para un asunto en Roma y volverán al día siguiente.

—Yo me voy dentro de tres horas también, Simon. Dime, ¿has cogido vuelo de vuelta a Londres?

—Lo cierto es que no. Compré solo ida, por si acaso. En la nota no se me informaba de cuánto tiempo habríamos de pasar aquí. Nos quedan cinco días para el golpe. Hoy quizá me quede aquí, a descansar un poco. Mañana y pasado me gustaría estar en Amalfi, alquilar un coche y darme el gustazo de curvear a lo largo de ese majestuoso paisaje.

—No es asunto mío, Simon, me caes bien, en serio, pero ten cuidado con Abha. Me parece que le gustas. Se la ve nerviosa a tu lado. Jamás la habíamos visto así con nadie. Esta mañana lo hemos hablado. No soy quién para meterme en la vida de nadie, pero quiero avisarte de que entre ella y el jefe hay una relación que va más allá de lo profesional, aunque ninguno de nosotros sepamos muy bien en qué consiste. Pero hay algo. Por supuesto, lo que acabo de decirte no te lo he dicho, ¿de acuerdo?

—Soy una tumba, Billy. Te lo agradezco mucho. En realidad, ayer ella quería verme conducir, eso fue lo que pasó. Le di un paseo por Florencia a treinta por hora —dice Keller entre risas.

—¿En serio? Qué bueno. Y claro, te pidió correr un poco, supongo.

—Así es. Se mareó, lo pasó un poco mal la pobre. Y eso que fui a medio gas. Con Eric le di un poco más de caña. Pudimos haber volcado tres veces, tuvimos suerte.

—Cuando se trata de conducir, no creo que la suerte influya en tu caso, Simon. Tienes un don. Bueno, ahora voy a recoger unas cosas y salgo enseguida para el aeropuerto. No olvides dónde nos vemos.

—Estoy ansioso por hacerlo. Me gusta el grupo. Si no fuera por la ojeriza que me tiene el chino...

—Es vietnamita. No le hagas mucho caso, es muy protector, y está a la defensiva. Se le pasará y te aceptará como nosotros. Quizá incluso os hagáis íntimos, quién sabe.

—Permíteme que lo dude, Billy, pero lo tendré en cuenta, gracias.

〜

Londres. Museo Británico, 4:45 de la madrugada

La noche es lluviosa en Londres y un fortísimo viento casi huracanado, que golpea puertas y ventanas de toda la ciudad, favorece el plan de «Los Finos». Tony, Eric y Simon ya están dentro del museo. Billy ha estado durante dos horas trabajando hasta dar con la manera de anular solo determinadas alarmas, justo las de las vitrinas que van a ser saqueadas. Los vigilantes de seguridad están todos en sus puestos. La banda ha decidido no actuar contra ellos. Será Billy, con su habilidad, el que les irá mostrando imágenes grabadas de las salas vacías, cuando en realidad no lo están.

Tony no consigue abrir el cristal donde se hallan las principales monedas chinas de oro. Lleva tres minutos, pero no puede. Mientras tanto, Simon ha logrado abrir, con un diamante especial, la urna de los tesoros incas y ha metido en su mochila coronas, báculos, pulseras y collares. Eric, por su parte, está manipulando la vitrina de otra sala. Le está costando abrirla, y todas las previsiones que habían hecho del tiempo se vienen abajo. Están fracasando, excepto Simon, que, acercándose a Tony, consigue abrir el cristal en menos de medio minuto, avergonzando al vietnamita. A pesar de la tirria que le tiene, el oriental entiende que acaba de salvarlo, pues no podía presentarse ante Vance con las manos vacías.

De repente suenan dos alarmas al mismo tiempo. Eric logra, en el último momento, abrir la vitrina y coger todos los objetos de oro de esta. Billy les avisa a los tres de que la Policía está enviando patrullas a la zona. Eric y Tony escapan. Cada uno irá a una estación de metro diferente. Algo ha salido mal. Billy no entiende qué puede haber sido, lo tenía todo controlado. Simon, siguiendo fielmente el plan establecido, sale a la calle con una máscara negra puesta y se dirige con rapidez hacia el Aston Martin Q de Abha, que un colaborador de «Los Finos» ha traído a Londres desde Florencia. Billy está manipulando los semáforos de toda la ciudad; ha conseguido acceder a la central de tráfico y está haciendo de las suyas cambiando todo en los cruces, pero no afecta demasiado a las patrullas, pues el tráfico a esa hora de la noche no es todavía intenso, y no logra retrasarlos demasiado, solo lo justo como para permitir que Simon llegue al coche y arranque. Keller decide que es su momento, está eufórico ante el éxito que ha tenido abriendo las vitrinas de seguridad, haciéndolo mucho mejor que sus compañeros. Ahora va a jugárselo todo en la persecución más importante de su vida. Toma dirección norte. Tiene comunicación directa con Billy, al que le va contando los planes y qué carreteras piensa coger. Billy, a su vez, le informa de la cantidad de coches patrulla que ya lo están persiguiendo. Está a punto de salir de Londres con siete coches, todos potentes, a pocos centenares de metros de distancia. Le queda una glorieta, en donde podría tener problemas. En efecto, tres coches de la Policía llegan justo antes que él y empiezan a tender cintas metálicas con clavos para que no pueda pasar por ahí. Con un espectacular trompo, decide dar la vuelta y encarar a sus perseguidores. «Cambio de planes, queridos niños», dice en voz alta, frase dirigida tanto a Billy, que aún casi lo es, como a los policías ingleses; a los que, al menos al volante, no puede considerar hombres. Las patrullas, al verlo venir a casi 200 kilómetros por hora, dudan. Quieren cruzar los vehículos, pero todos, para salvar su vida, deciden parar los coches, salir e intentar pararlo a base de tiros. Keller esperaba esa jugada y, con una frenada brutal, reduciendo tres marchas a un tiempo, y ayudándose también del freno de mano, logra meterse por un callejón antes de llegar a la altura de las patrullas. Es un callejón lleno de cubos de basura, cajas de alimentos y botellas de los bares cercanos. Simon esquiva todo con habilidad a más de ciento veinte kilómetros por hora. Billy, que está siguiendo la persecución a través de su ordenador, no puede evitar gritar:

—¡Sí, joder, bravo, Simon, bravo, qué máquina eres! Tienes las dos siguientes calles despejadas, aprovéchalo ahora, o deja el coche y escapa. Creo que la segunda opción es la mejor. Ya te has expuesto mucho. Tony y Eric están a salvo en el metro.

—Es el coche de Abha, Billy. Jamás le haría algo así a una

dama como esa. No te preocupes. El juego acaba de empezar. Tú tranquilo y mantenme informado de todos sus movimientos.

—El coche no importa, Simon, de verdad. No arriesgues, ¿de acuerdo?

—Está todo controlado, tío. Es mi oportunidad de pasar un buen rato y, de paso, de vengarme de todos estos cabrones que me han tenido encerrado tanto tiempo. No van a olvidar el día de hoy, te lo aseguro.

Simon sale de Londres hacia el norte. A los dos kilómetros ya tiene una patrulla en la carretera. Pasa la mediana y comienza a circular en dirección contraria durante cinco kilómetros. Lo hace por el arcén, sin poner en peligro a ningún conductor, aunque la velocidad sea de casi 300 kilómetros por hora. Se desvía, y en Luton vuelve a perder a todas las patrullas. Un helicóptero consigue localizarlo cuando se acerca, veloz como un misil, a la localidad de Kempston. El helicóptero tiene grandes dificultades en seguir a Simon, ya que, unido a la oscuridad de la noche, apenas supera los 260 kilómetros por hora y Simon no baja de los 280. Termina perdiendo también al helicóptero en las inmediaciones de Wellingborough, donde se ve obligado a repostar, pues a esas velocidades el depósito está a punto de entrar en reserva, a pesar de los pocos kilómetros recorridos. Billy, justo entonces, le informa de que todas las carreteras están cortadas. Le será casi imposible salir de ahí. Tiene que abandonar el coche. Y así lo hace. El pensamiento de que puedan atraparlo, pese a la protección de Dupont, se impone al deseo de seguir jugando a polis y ladrones con los coches patrulla. Abandona el vehículo en un bosque cercano a Irchester, después de cubrirlo con cuidado con ramas y maleza; necesita que tarden en encontrar el coche lo máximo posible. Con la mochila al hombro, roba una bicicleta que encuentra tirada junto a una casa de campo. Todavía es de noche, el viento es muy fuerte, pero ha dejado de llover. En Irchester se baja de la bicicleta, abre un viejo Peugeot 205 casi destartalado y emprende el camino de vuelta a Londres por la autopista. No ha podido hacer la exhibición que le habría gustado, pero la escapada de Londres, se dice, no fue moco de pavo. Está contento. Sabe que el jefe de la banda, ese dichoso personaje tan misterioso, ha de estar, a la fuerza, más que satisfecho con su excepcional trabajo salvando a la banda. Una patrulla está haciendo controles de carretera. El vehículo funciona muy mal, a tirones, y sabe que ni siquiera él podría escapar de los potentes Rover de la Policía. Detiene el coche y baja la ventanilla.

—Buenos días, ¿ocurre algo? —dice dirigiéndose a la mujer policía que se acerca al coche.

—Es un control rutinario. Salga del coche, por favor, y muéstrenos la documentación del vehículo y la suya.

—La del vehículo... —dice mientras rebusca papeles en la guantera, rezando por encontrar algún documento, que halla finalmente—, aquí la tiene. Respecto a la mía, perdone, pero me he dejado la cartera en casa, me temo.

—De manera que viaja usted sin carné de conducir, señor Taylor —dice la mujer leyendo el nombre del titular del vehículo.

—No es la primera vez que me pasa, lo reconozco. Me merezco la multa, por olvidadizo. No estoy en contra. ¿A cuánto asciende? No sé si llevaré encima dinero suficiente.

La policía, viendo el catastrófico estado del vehículo y apiadada del rostro angelical de Simon, que sabe poner expresión de cordero degollado, unido a su atractivo aspecto, le dice:

—Ande, continúe usted su camino. Los documentos del coche están en orden. Que sea la última vez. Si lo vuelvo a pillar sin carné le impondré la máxima sanción. No bromeo.

—Oh, muchísimas gracias, agente, no sabe lo que significa para mí. La multa me habría hundido en la miseria. Los tiempos están difíciles hoy en día.

Simon le cuenta a Billy el incidente con la policía. Las carcajadas de Billy casi destrozan los tímpanos de Keller.

—Me merezco la multa, me merezco la multa, ja, ja, ja —se carcajea el joven, al que la frase le ha hecho una gracia extraordinaria—. Pero, Simon, ¿de dónde sales, tío? Por tus venas corre hielo, no sangre, es impresionante. Estabas cazado, cogido como un pobre pollo indefenso.

—He visto que era una mujer la que se acercaba al vehículo y he confiado más en mi cara que en este desastroso coche con el que no sé si voy a ser capaz de llegar a Londres. Ha salido bien, pero reconozco que me la he jugado demasiado.

—Eres un genio, Simon. Qué manera de escapar siempre, no hay quién te eche el guante.

—Claro, Billy, por eso me he comido unos cuantos años de cárcel. No, no es así. Me pierde querer ir hasta el límite. Tengo un defecto: jamás siento estar en peligro, en ninguna situación. Eso es bastante bueno, pero a veces te puede perjudicar a la hora de escapar. La adrenalina no me la da que me persigan, sino la misma velocidad. Lo he pasado en grande hoy. Gracias, tíos.

—Ya sabes dónde nos vemos, Simon. Voy a seguir aquí hasta que estés a salvo en Londres. Si ocurre algo, avisa, por favor.

Dos DÍAS DESPUÉS, Simon está a bordo de un avión privado que va a despegar del aeropuerto de Gatwick. Ignora adónde se dirigen. Le dijeron que tenía que estar en el aeropuerto a una hora determinada, y eso ha hecho. Las joyas se las entregó a Eric, antes de salir del museo, para no levantar ningún tipo de sospecha por parte de Tony.

Allí lo esperan Abha, Tony, Billy y Eric. Los dos últimos se abalanzan sobre él, para saludarlo y felicitarlo por haber cubierto su huida de aquella manera espectacular, atrayendo toda la atención de la policía londinense. Tony lo saluda con la cabeza. Sigue sin poder coger confianza con Simon, a pesar de que hizo todo a la perfección y consiguió abrir más vitrinas que nadie, cuando él había fracasado por primera vez. En el fondo, está rabioso; no le gusta tener a un tipo que parece ser perfecto en todo lo que hace. De todas formas, sigue desconfiando de él. Abha está sentada en su butaca de cuero blanco, tomando una limonada a través de una pajita.

—Enhorabuena, Simon —le dice, mirándolo por primera vez, así lo siente Keller, de otra manera.

—Enhorabuena a todos, supongo. Vosotros habéis hecho vuestra parte a la perfección también —responde Keller.

—Bueno, yo no diría eso —interviene el ruso—; tanto Tony como yo tuvimos más problemas de los esperados con esas malditas urnas. Tío, ¿cómo pudiste abrirlas tan rápido? Eres un genio. Es una pena que esta vez no hayamos podido ver la persecución. Salieron imágenes del helicóptero que te perseguía con los focos, pero casi no se veía nada.

—Fue fácil, conducen como principiantes, la verdad. Este pájaro es de un lujo alucinante. Jamás había volado en un aparato como este. No os priváis de nada, chicos.

—Sí, no nos disgusta el lujo. Arriesgamos mucho y vivimos a lo grande —comenta Billy. Keller se sienta en la butaca que está justo enfrente de la de Abha. No sabe si se la han dejado especialmente para él o ha sido suerte, pero Simon no es una persona que crea demasiado en las casualidades. El saludo de la india le parece a Simon una señal que no quiere dejar pasar. A los cinco minutos de entrar Keller en el avión, este despega con rumbo al este.

—Bueno, Abha, ya estoy en el avión. ¿Puedo ahora saber adónde nos dirigimos?

Abha tiene una revista con artículos y fotografías de diseñadores de moda. Sin apartar la vista de las páginas, le responde, fría y un tanto cortante:

—República Checa.

Simon la mira con detenimiento. Esa respuesta sin tan siquiera dignarse a mirarlo y el tono usado por la joven le indican que puede que no sea el mejor día para tratar de continuar lo que dejaron pendiente en Florencia.

—¿Alguna ciudad en concreto?

—Aterrizaremos en Praga. No puedo decirte más. Ya sabes el destino. Ahora, si no te importa, me gustaría seguir leyendo.

—En realidad, sí me importa. Me tratas con desprecio y arrogancia, pero no sé bien por qué. Me gustaría una explicación, al menos —dice Simon endureciendo la mirada, lo que para muchísimas mujeres le embellecía aún más el rostro. Abha no esperaba esa frase y cierra la revista, lanzándola con displicencia a la butaca de al lado.

—Niego la mayor. No te he tratado ni con desprecio ni mucho menos con arrogancia; te equivocas, querido.

—Vaya... «querido». Esa palabra no combina bien con tu actitud ni con tu lenguaje corporal, si me permites que te lo diga.

Abha mira de reojo al resto de la banda. Billy está con los ojos cerrados, con los auriculares puestos, escuchando su música a todo volumen. Tony duerme o finge dormir, y Eric debe de estar en el servicio. Ella teme que Simon le monte una escena ante los ojos de los demás, por lo que decide cambiar de táctica frente a la insistencia del inglés.

—Simon, disculpa si te he ofendido; no era mi intención, créeme. Está todo bien, has hecho un trabajo increíble, de verdad. Era tu prueba de fuego, y la has pasado con matrícula de honor. ¿Qué más puedo decirte? Es solo que hoy estoy muy cansada, apenas he dormido anoche, nada más.

—Sobre tu coche... tuve que dejarlo en un bosque, estaba cercado por todas partes y...

—Simon, por favor, ¿qué coche? Los vehículos son también parte de nuestro trabajo. Ha sido un instrumento que hemos usado y nada más. No le tenía especial cariño. Podemos comprar otro igual o mejor. Olvídalo —dice, regalando a Keller su mejor sonrisa, lo que consigue que él se calme un poco.

—Fue divertido conducirlo. Buena máquina, en serio. Dime, Abha, después de nuestra carrera italiana, ¿has pensado en mí?

—¿Qué tipo de pregunta es esa? ¿Estás loco? ¿Qué pretendes con todo esto, Simon? —dice ella en voz bastante baja y con la mirada puesta en Billy y Tony.

—¿De qué tienes miedo? No haces más que mirar a los chicos, ¿qué ocurre? Es como si alguien te hubiese prohibido hablar conmigo.

—¡Qué tontería! Pero una cosa es hablar y otra lo que estás haciendo.

—¿Y qué estoy haciendo? Dime.

—Estás tratando de ponerme otra vez nerviosa, como aquella noche en Florencia. Esta vez no voy a permitírselo, señor Keller.

—Ignoro su apellido, señora Abha, pero aún no me ha respondido a la pregunta. ¿Ha pensado usted en mí, aunque solo sea un fugaz segundo?

—Por favor, Simon... Déjalo, somos un equipo de trabajo, no mezcles las cosas.

—¿Tan difícil es decir no? Estoy esperando una simple y sencilla palabra de dos letras.

—No puedo decir que no haya pensado en ti, te mentiría. Ya lo tienes, te he respondido.

Simon sonríe, se levanta del asiento con parsimonia, se acerca a Abha, alarga el brazo izquierdo, coge la revista y se la entrega. La cercanía del cuerpo de Simon pone a la joven muy nerviosa. Ante Keller, ella no es capaz de controlar la situación, y lo odia por eso. Es el primer hombre que consigue desestabilizarla de ese modo.

—Continúe con su lectura, señora. O señorita, quizá...

—No estoy casada, si lo que quieres es sonsacármelo.

—Por favor, siga leyendo, no querría molestarla.

—Tienes un talento que es muy superior a tu habilidad con los volantes, ¿sabes?

—No, no lo sé —responde Simon, mirando a través de la ventanilla.

—Un talento extraordinario y raro para hacernos sentir inseguras a las mujeres.

—No, se me da mejor el volante, pero gracias, hoy estás siendo de lo más amable conmigo. Va a ser un vuelo muy placentero.

Abha finge leer, pero se limita a pasar las páginas de la revista sin ton ni son, como una autómata. Simon cierra los ojos y disfruta con el aroma del perfume que desprende Abha. Ella siente ganas de levantarse y cambiarse a los asientos de la parte de atrás, a unos diez metros del de Keller, pero finalmente decide no hacerlo. Con los ojos cerrados sigue siendo el hombre más guapo que ha visto nunca.

El vuelo es corto. Los cuatro hombres han dormido la mayor parte del viaje. Abha se ha dedicado a echar fugaces miradas a Simon, temiendo que fuera una de sus trampas, que abriera los ojos de repente y la sorprendiera observándolo. Cinco coches negros están esperando a la banda en la misma pista de aterrizaje de un aeródromo privado a las afueras de Praga. Cada uno entra en un coche. Simon se queda algo sorprendido de esta muestra de lujo asiático. Son limusinas muy caras y parece que blindadas. El conductor del coche de Keller es una mujer muy bella, checa. Ella permanece en silencio, no hace amago de mirarlo a través del espejo retrovisor, pero Simon no le quita ojo. Tiene unos enormes ojos azules, es blanca como la leche y tiene pelo rubio oscuro y ondulado.

—¿Adónde me lleva, señorita? —pregunta Simon en un checo chapurreado divertido, pero inteligible, que sorprende a la joven.

—Vaya, no es frecuente un extranjero que hable checo —dice ella en su idioma.

—Lo hablo muy mal, pero entiendo bastante. Sé algunas lenguas eslavas, el ruso y el polaco mejor que el checo, pero la gente me entiende más o menos.

—Tiene usted un acento divertido —dice ella, que trata de mantenerse seria. Entonces, echa un vistazo a su pasajero y se queda helada al ver lo extraordinariamente bello que es. En Chequia hay hombres guapos, pero no había visto un rostro como ese en su vida.

—¿Cómo te llamas? —dice Simon, pasando al tuteo más por confusión que por iniciativa propia.

—Me llamo Zdenka.

—Encantado, Zdenka, soy Simon. Oye, ¿podría sentarme delante, a tu lado? No me gusta ir detrás, como si fuera un político o un señorito, no me gusta.

—En realidad... lo bueno es que tengo instrucciones de no ir en fila con los otros cuatro vehículos, pero podrían sorprenderme y ganarme problemas. Nunca me ha pedido nadie tal cosa. No sé si...

Zdenka dice todo esto en checo y a gran velocidad; Simon no ha comprendido todo. Ella ve, por su cara, que no la ha entendido bien. Decide que es mejor parar y que se suba delante. Recuerda que tiene órdenes de ser extremadamente amable con el pasajero, por lo que acceder a esa petición no cree que le suponga graves consecuencias. Detiene el coche y Simon se cambia de lugar. Lleva un traje nuevo, azul eléctrico, con camisa blanca de seda, gemelos de oro, que son dos bólidos de Fórmula 1, y corbata de color crema con cuadrados azules, muy vistosa.

La conductora hace esfuerzos por no mirarlo demasiado, pero le es difícil. Un hombre tan guapo, tan divertido, que se esfuerza por hablar su idioma...

—Esto está mucho mejor, Zdenka. De cerca eres aún más

bonita. No sé si habré hecho bien en sentarme a tu lado —
dice él en inglés.

—Solo conduzco, señor, no muerdo —responde ella en la
lengua de Shakespeare.

—Así debería yo hablar checo, como tú el inglés. ¿Dónde
lo has estudiado?

—Con nativos que viven aquí en Praga. Americanos,
australianos, irlandeses, ingleses...

Simon no puede continuar la conversación con Zdenka. El
coche llega a una espectacular mansión. Se abren unas verjas
que dejan pasar el vehículo. Las otras cuatro limusinas están
aparcadas en la entrada. Ellos son los últimos.

—Zdenka, muchas gracias por este paseo. Me ha encantado conocerte —dice él en checo.

—Igualmente, señor, feliz estancia en mi país.

Keller se baja del coche mirando a Zdenka hasta hacerla
enrojecer. Abha contempla la escena desde la puerta de
entrada. Lo está esperando.

—Simon, por fin vas a conocer al jefe de todo esto. Tenías
muchas ganas de que llegase este momento, ¿no?

—La verdad es que ya va siendo hora, sí. Vamos allá. De
manera que esto es Nižbor. Me gusta.

—¿Cómo sabes que esta zona de Praga se llama así? ¿Has
preguntado al conductor? —lo interroga Abha, bastante
sorprendida. ¿Te lo han dicho los chicos?

—No das una, querida. ¿Crees que soy un paleto londinense que no ha salido de su barrio? He visto mundo, conozco
Europa. Eso es todo. Soy un amante de los mapas, de los planos
de ciudades... Bueno, no me conoces mucho todavía. Aquí
viven los millonarios checos. Cuando me has dicho en el avión
que veníamos a Praga, he intuido que la casa estaría aquí.

—Vale, Simon, otro talento tuyo, entiendo. Venga, pasa,

Vance te espera —dice Abha, que no puede evitar realizar un leve movimiento de cabeza horizontal ante ese hombre sorprendente.

Un hombre está sentado en una butaca en un enorme salón lleno de plantas, muebles viejos y grandes ventanales que dan a un espectacular jardín. Vance se levanta para saludar a Simon.

—Simon Keller, bienvenido a tu casa. Soy Vance Purdue, el creador de este pequeño grupo de cabrones que somos.

Vance aprieta con mucha fuerza la mano de Simon, y después le da un abrazo. A Simon le gusta esa cálida acogida, que compensa la frialdad que ha mostrado Abha durante el vuelo.

—Ya empezaba a pensar que eras un mito, ¿sabes? —dice Keller.

—¿En qué sentido?

—Bueno, tanto misterio en torno a tu identidad... Creí que el jefe era, en realidad, uno de ellos, y que no había otra persona. Esta vez me he equivocado.

—Soy de carne y hueso, ya me ves. Quiero felicitarte delante de los muchachos. El trabajo ha sido espectacular. Las ganancias van a ser inmensas. Sobre la escapada, casi no hay palabras. Qué talento tienes con los coches, Simon. Algún día me contarás dónde has aprendido a pilotar, porque el verbo conducir es un eufemismo en tu caso. Pero no ahora. Quiero que te relajes, que te sientas cómodo. Abha te conducirá a tu habitación. Descansa, toma una ducha si quieres. Dentro de dos horas quedamos en el comedor y hablamos de todo. ¿Qué tal ha ido el vuelo?

Keller mira a Abha de reojo antes de contestar. Ella teme lo que pueda decir y aprieta los labios, pero Simon no desea ponerla en evidencia y dice:

—Muy bien, he venido dormitando. Ni me he enterado. Y

después me ha traído una bellísima conductora checa. ¿Qué más puedo pedir, Vance? Gracias por todo.

Purdue ríe con ganas y le da un manotazo en el hombro. Después, con un gesto, indica a la india que acompañe al invitado a su habitación.

Suben por unas escaleras con barandilla de madera fina. Simon admira el gran lujo en el que viven los miembros de esa banda. Son multimillonarios, pero siguen arriesgando cárcel solo por placer. Le gusta. Vance le ha producido muy buena impresión. Es un hombre atractivo, está en forma, tiene una bonita sonrisa. Parece enérgico, aunque le ha parecido notar tintes autoritarios cuando se dirigía a Abha. Simon va justo detrás de ella. No puede evitar mirar el contoneo de sus caderas al subir la escalera. O lo está haciendo especialmente para él o tiene una forma peculiar de subir, se dice Keller. En cualquier caso, se olvida de la casa y del lujo, centrándose en el cuerpo divino de la exótica mujer. El vestido morado se le ciñe a las caderas como una segunda piel.

—Esta es tu habitación, Simon —dice ella, extendiendo el brazo en cuanto le abre la puerta.

Más que una habitación, parece una casa entera. Más de 200 metros cuadrados de salón, con baño privado y sala de gimnasio con las mejores máquinas para esculpir el cuerpo. Tiene también, junto al gimnasio, piscina climatizada. Las vistas al bosque de Nižbor son espectaculares.

—¿Qué te parece? —pregunta ella.

—Es extraordinaria, qué puedo decir. Sabéis vivir, desde luego. La única pena es tener que estar aquí solo.

—¿Tienes miedo por las noches, Keller?

—¿Puedo llamarte si tengo pesadillas, Abha?

—Prueba. Me parece que hoy estás demasiado juguetón.

—No, Abha. En Florencia pasó algo muy bonito y especial entre nosotros. No me digas que no, porque las palabras pueden mentir, pero los ojos y ciertos gestos siempre dicen la verdad. Y aquella noche, en la campiña toscana, tus ojos hablaron por ti. Me gustas, Abha, no hace falta decirlo; me tienes loco desde el primer instante en que te vi. Y sé que yo a ti también. No te engañes a ti misma.

—Hoy no hemos venido aquí para declaraciones, Simon. Si no te importa, me retiro.

—No huyas, Abha. Da una respuesta. Te dejaré en paz para siempre, no te preocupes, pero contéstame.

—Por amor de Dios, Simon, ¿contestarte a qué? ¿De qué vas? ¿Quién te has creído que eres, niño bonito?

—Veamos... son tres preguntas consecutivas. ¿Debo contestarlas en el mismo orden o tengo libertad para...?

—Hasta luego, Simon.

Keller se interpone con su cuerpo entre ella y la puerta.

—Ya está bien de niñerías, Abha. Somos mayores de edad.

Ella lo mira, indignada por el gesto. Simon aprovecha ese instante de desconcierto en la mujer. Se acerca a ella y la besa largamente en los labios. Abha no lo besa, pero no retira su boca. Es la primera vez que a Simon una chica se le muestra así de pasiva. Una vez una mujer trató de resistirse, pero el forcejeo duró segundos. A Simon le gusta, pues es algo nuevo para él y decide no rendirse. Le agarra la mandíbula con la mano derecha y extiende sus dedos, llegando hasta los lóbulos de las orejas, haciendo que ella reaccione levemente. Las orejas no suelen fallarle a Simon, son sus aliadas. Decide no besarle más los labios, sino la mejilla, la barbilla, la nariz...

Las voces de Eric y Billy asustan a la mujer, que se aparta de Simon de forma instintiva. Keller se hace un lado para que ella salga. Cuando pasa por su lado, él coge su mano y la aprieta. Ella lo mira y niega con la cabeza, encaminándose hacia su habitación, que está enfrente de la suya.

Dos horas después, una vez que una empresa de comida

dejó el pedido y han abandonado la casa, Vance informa a todos de su próximo trabajo.

—Estimados amigos, Simon incluido, pues ya forma parte del grupo, os informo de que el próximo golpe será en Nueva York, concretamente en el Bronx.

Purdue deja que sus palabras calen en la mente de todos. Ve caras de extrañeza, justo lo que esperaba.

—Os estaréis preguntando qué diablos vamos a hacer allí. En ese barrio hay un zoológico. Hasta ahí todo bien. Lo que muy poca gente sabe es que en este zoo hay un gran tesoro. Tienen siete tortugas de cabeza amarilla, una especie casi extinguida. Solo la gente que visita ese zoo las ha visto, pero la mayoría ignora que son objeto de deseo de codiciosos coleccionistas. Yo tampoco lo sabía, por supuesto.

—¿Tortugas? ¿Vamos a robar unas tortuguillas de un zoo? —exclama Eric, riéndose a continuación.

—No te rías tanto, Miguel Strogoff. Cuando sepas lo que nos ofrece un tailandés medio pirado, multimillonario, se te va a atragantar el caviar. Diez millones de dólares por las siete tortugas. Lo importante aquí será cómo sacarlas del país. El robo tiene que ser sencillo para nosotros. No creo que estén en ninguna cámara de seguridad ni nada por el estilo, pero antes hay que ir al lugar y observar todo. Es un buen palo y no quiero desaprovechar la ocasión. Tengo referencias del tailandés. Lo que se propone, lo consigue. Es un buen pagador. Me ha dado un adelanto de medio millón de dólares. Aquí tenéis vuestra parte —dice Vance sacando cinco sobres de una pequeña carpeta negra—. ¿Qué me decís? ¿Os va el plan?

—Me parece excelente. Lo único que vamos a hacer es mudarlas a un lugar mejor. Ese *millonetis* las tratará bien, supongo —comenta Keller.

—De acuerdo —dice Tony.

—Contad conmigo —exclama Eric, masticando una deliciosa carne de Kobe.

—No me lo pierdo por nada del mundo, Vance —añade Billy.

—Bien. Creé esta banda para enfrentarnos a desafíos emocionantes, ¿recordáis? No vamos a estar siempre atracando joyerías o casas de millonarios. Este trabajo servirá para explorar nuevas posibilidades. Si sale bien, podríamos meternos en este mundo de la fauna en extinción. No sabía que diera tanta pasta. Bueno, como estamos todos de acuerdo, los planes son los siguientes: pasado mañana volamos a Nueva York en uno de nuestros aviones. Allí, en un lugar que está ya preparado, hablaremos sobre los detalles. Bueno, ahora disfrutemos de esta espléndida comida que ha preparado para nosotros el mejor cocinero de Chequia. Es amigo mío. ¡Que aproveche!

Después del almuerzo, Vance se acerca a Simon, que está sentado disfrutando de un *whisky* escocés.

—Te he estado observando durante la comida, Simon. Me gustas, creo que has encajado perfectamente con la filosofía del grupo. Aquí lo que prima es la adrenalina, y a ti te supura por los poros de la piel. Estás en el sitio adecuado. No sé lo que durará, ni siquiera sé si sobreviviremos todos, pero lo que sí te puedo asegurar es que no vas a aburrirte nunca con nosotros.

—Estoy muy bien aquí, Vance, te lo agradezco. Como ya te habrán informado, nunca he trabajado en grupo. Ha sido la primera vez. Y me ha gustado. El grupo da una seguridad que no tienes cuando estás solo. No sabía si sería para mí, pero es cierto que con vosotros da gusto trabajar. Lo tenéis todo calculado, bien estudiado. Aquí me tienes para lo que haga falta.

—Quiero proponerte venir conmigo mañana, a primera

hora, a los Cárpatos occidentales. Allí hay unos sitios excelentes para saltar desde los picos. Me gustaría saltar con un tipo tan experto como tú. El salto de Londres estuvo francamente notable. Esto es para agradecerte lo bien que te has comportado en tu primer trabajo. Te lo has ganado. Te propongo que conduzcas tú. Algo me dice que ir contigo de copiloto puede hacer disparar la adrenalina a niveles estratosféricos. Pásate luego por el garaje y elige. Es como el de Florencia, pero mucho más surtido. Te gustará. Puedes probar el que quieras, por supuesto. Cada llave está en la guantera del vehículo, están todos siempre abiertos.

—Gracias, Vance. Mañana volamos, ¡bravo! Qué ganas tenía. Necesito aire fresco, libertad, sentirme como un pájaro. Sobre el paseo, haré lo que pueda, conduciré como lo hago cuando voy solo. Creo que te gustará. Aunque es posible que te arrepientas, te lo advierto.

—Te equivocas, Simon. Es probable que te pida aún más —contesta Vance riendo.

Keller sale al jardín. El día es bastante frío. Hace dos grados bajo cero y corre un fuerte viento que corta la cara. Decide subir a su habitación y tratar de convencer a Abha de que pase la noche con él. Se ducha y se pone ropa cómoda. Abre la puerta y observa cómo Vance llama con los nudillos en la puerta de Abha. Ella abre en ropa interior. Vance lleva una botella de champán y dos copas. Simon cierra la puerta y, rabioso, decide visitar el garaje. Es la primera vez que siente una punzada en el pecho al saber que la mujer que le interesa ama a otro hombre. Conducir por Chequia lo calmará.

Los mejores coches del mercado están en ese enorme garaje subterráneo del caserón. Elige un Ferrari 812 Superfast, el modelo de serie más potente de la marca italiana. Es rojo y parece recién comprado. Ignora si alguno de sus compañeros será capaz de domar los 800 caballos de vapor de potencia que alberga ese extraordinario motor, pero sabe que él sí puede. Se llama 812 por los 800 caballos, y el 12 es por los cilindros del motor. Se pone a 100 en menos de tres segundos y llega a 340 kilómetros de velocidad punta. Keller ha leído en la cárcel sobre el coche, pero es la primera vez que se sienta en uno. Lo arranca. Acelera sin engranar ninguna marcha. El brutal sonido bronco anima a Simon, y sonríe, feliz como un niño con zapatos nuevos. La puerta del garaje se abre automáticamente en cuanto se acerca a ella. Sale al camino de gravilla y hace una espectacular salida con conducción pendular que deja con la boca abierta a todos los chóferes que están fuera de los coches, junto a la entrada. Tony, Eric y Billy se asoman por la ventana del salón para ver qué ocurre. Simon detiene el vehículo y se acerca a Zdenka, que está hablando con otros conductores.

—Zdenka, ¿a qué hora terminas hoy de trabajar? —le pregunta Keller en inglés.

—Tengo que estar aquí hasta la mañana, Simon.

—Vaya, qué pena. Quería invitarte a cenar. Bueno, otra vez será, preciosa. Hasta pronto.

Sube al Ferrari y sale despacio de la mansión. En cuanto atraviesa las verjas, pisa a fondo el acelerador y el coche sale disparado como un misil rojo. Abha no ha perdido detalle de la escena de Simon con la conductora. Está celosa, pero no quiere reconocerlo. Vance, que también está asomado a la ventana y ha visto las habilidades de Keller sobre gravilla con un coche tan potente, le dice:

—Es impresionante nuestro nuevo fichaje, Abha, ¿no crees? Me gusta el tipo. No sé qué le ocurre a Tony con él. Me ha dado muy buena impresión. Es un alma libre. Míralo, quiere conducir, saltar, volar... Es como yo. Mañana me lo llevo a las montañas. ¿Qué te ocurre? Te ha cambiado la cara. Dime, ¿no te gustará Simon? Es muy guapo, lo reconozco. No suelo decir esto de un hombre, pero el rostro de este tío es casi perfecto.

—Vance, tú sí que eres guapo, ¿qué dices?

—Sé que en Florencia saliste con él en el Aston Martin. No soy tu dueño, no te estoy interrogando, pero he visto tu cara cuando hablaba con Zdenka. Conozco a las mujeres, Abha. No te ha gustado que se dirigiera a ella. Ese tío es un ligón, se ve a la legua. Puede tener a las mujeres que desee. Estás celosa, Abha, y eso no me gusta. Ahora estás conmigo, pero si vas a estar más pendiente de otro hombre, mejor te dejo a solas.

—Vance, por favor, nada de eso. Me he asomado por el ruido. No sabía qué pasaba. Solo he estado mirando lo que hace con el coche, me gusta verlo, pero nada más. No me gusta Simon, Vance. Me gustas tú, ¿cuándo lo entenderás? Eres tú el que está celoso. Eres demasiado susceptible.

—Ahora voy al Centro, tengo que resolver unos asuntos. Nos vemos luego para la cena.

Vance sale de la habitación sin besar a Abha, dejándola allí, medio desnuda, confusa y enfadada.

Despechada, decide llamar a Zdenka a su habitación. La conductora sube y llama a la puerta.

—Adelante, pase —dice Abha en inglés, pues no sabe una palabra de checo.

—He visto que nuestro invitado, el señor Keller, se dirigía a usted. ¿Hay algún problema? ¿Ha solicitado conductor para hoy?

—No, señora, él ha salido conduciendo un coche del garaje.

La checa duda, no sabe si contar la verdad, pero había demasiados testigos y opta por decirla sin ambages.

—Me ha preguntado sobre mi horario de trabajo —añade.

—¿Eso es todo?

—Al parecer, quería invitarme a cenar, señora. Yo me he limitado a traerle aquí desde el aeropuerto, nada más. Tengo trabajo y le he dicho que no puedo. Ni una palabra más.

—Bien, puede retirarse —ordena Abha, fría como el hielo y ardiendo de ira.

Simon adora el comportamiento del coche. Va hacia el norte, quiere llegar a Alemania cuanto antes. Sabe que en este país podrá poner el coche al límite. Las carreteras están preparadas en algunos tramos, y además evitará posibles problemas de multas, ya que no hay límite de velocidad en ciertas autopistas. En cuanto pisa asfalto alemán, decide no bajar de los 300 por hora. Dos motos se pican con él, humillándolas en cuanto llegan las primeras curvas. Un Porsche 911 Turbo intenta seguirlo, pero solo puede ir a su zaga durante tres kilómetros. Keller conduce concentrado, con música de Ludovico Einaudi, un disco que ha encontrado en la guantera. Llega hasta Berlín, cena en un restaurante de lujo y continúa su ruta hasta Leipzig, bajando hasta Dresde para acabar entrando de nuevo en Chequia. Son las dos de la madrugada. Ha conducido tan deprisa, ha arriesgado tanto a veces, que tiene la camisa empapada de sudor. Entra en la mansión muy despacio, no quiere despertar a nadie. Abha está en la ventana de su habitación. Quería verlo llegar. Cuando Keller abre la puerta de su estancia, está a punto de salir a su encuentro, pero se lo piensa mejor y se acuesta. Hay demasiados ojos en la casa esa noche. Vance duerme en su habitación. Ha vuelto pronto de Praga. Han cenado, pero él no ha querido subir más a su habitación. Simon Keller es un problema para ella. Se duerme recordando los besos del mediodía, anhelando las yemas de sus dedos sobre la piel de sus delgadas y sensibles orejas...

POR LA MAÑANA, Simon está ansioso por llevar a Vance en el 812. El jefe quiere ver sus habilidades al volante. Se va a hartar, se dice. Efusivos apretones de manos durante el desayuno y muchas risas para disimular que ambos están celosos el uno del otro por culpa de una mujer. Salen a las ocho en punto. Keller ha dormido poco, pero no necesita demasiadas horas. En la cárcel dormía a veces hasta doce, solo para no pensar en el hecho de que estaba encerrado como un pájaro en una jaula.

Por las estrechas y mal peraltadas carreteras del este de la República Checa, la bala roja devora un kilómetro tras otro. Vance, durante la primera hora, va encantado, ríe y bromea, aunque se lleva más de un susto en alguna curva, ya que a Keller le gusta derrapar el coche en alguna de ellas, solo por diversión. Simon va incrementando el ritmo. Cuando curvas de 60 las traza a más de 150, Purdue comienza a tragar saliva y a patalear inconscientemente, incapaz de superar su miedo. Por primera vez teme por su vida, cree que Simon quiere matarlo. Es imposible que salgan de las curvas. «La ley de la gravedad, por Dios, ¿acaso no rige para este cabrón?».

Simon goza con el miedo de Vance, lo huele. Ese sudor que inunda su frente informa de que siente puro pánico, pero jamás lo reconocerá. Consigue mantener una meritoria sonrisa, pero su lenguaje corporal lo delata. A Simon no le basta con eso. Quiere verlo sufrir, quiere que le pida que pare. Él, el audaz jefe de una banda invisible, de un grupo de ladrones perfecto, un hombre que dice que la adrenalina es su razón de vivir. El hombre que le ha quitado a la mujer de sus sueños. Simon arriesga como nunca antes en su vida, haciendo cosas que no sabe si el coche, que es un prodigio de técnica, podrá aguantar; pero el Ferrari lo soporta todo. En una curva, ya en las montañas, cruza el coche a más de 100 por hora y lo lleva así, arrastrándolo de lado, durante 500 metros, con la rueda trasera derecha fuera de la calzada, asomando por el precipicio. Vance siente que van a caer, no van a salir de esa, pero no se atreve a decir nada. Simon prefiere morir antes que dejarlo en silencio. Acelera hasta los 210 por hora, quedan solo 100 metros para la siguiente curva. Vance calcula que no hay tiempo material para poner el coche a los 50 o 60, como máximo, para conseguir salir vivos de esa curva mortal. Simon baja tres marchas con doble embrague, freno de mano y metiendo el pie hasta el tobillo sobre el pedal de freno, mientras cruza el coche para ayudar a frenarlo. Traza la curva a 80 kilómetros por hora, cuando la señal indica 20, en péndulo, como le gusta.

—Aaaaahhhh, joder, Simon, basta, joder, ¡no puedo más! Déjame salir, quiero bajarme. ¿Quieres morir? No sé cómo estás haciéndolo, pero en alguna nos precipitamos para abajo, lo estoy viendo. No puedo más, es demasiado para mí.

—Pero, Vance, amigo, si estoy solo calentando los neumáticos. Lo bueno empieza después, esto es solo un anticipo. Venga, ¿tú eres el mismo que me hablaba de vivir solo con la adrenalina rebosando por los poros? No me jodas, Vance. Lo estoy disfrutando, estoy conduciendo como nunca en mi vida, tu presencia me da fuerza. No me fastidies este goce, aguanta un poco.

A Purdue le tiemblan las rodillas, suda profusamente y se ha dejado las uñas en el asiento. Le duele el cuello de la tensión, le ha dado un tirón muscular y apenas puede girarlo. Simon, feliz como nunca en su vida con esa victoria moral, ríe a carcajadas, detiene el coche en medio del carril y apaga la música, un disco de música electrónica que le gusta a Vance cuando conduce.

—Como quieras, Vance. ¿Te llamo un taxi?

Él se baja, tambaleante, y en la cuneta vomita todo el desayuno, entre horribles arcadas. Tiene la cara verde.

Simon se baja, le tiende un pañuelo de papel y le da una palmadita en la espalda.

—Maldita sea, ¿quién eres? Dime quién eres. Esto no es normal. Ningún piloto sobre la Tierra podría seguirte ni de lejos. ¿Cómo has aprendido a hacer lo que haces? No es posible, la física dice que no puede ser.

—He nacido para conducir, supongo, Vance. Es todo lo que puedo decirte. Nadie me ha enseñado nunca. Yo voy probando, y veo que los límites están lejos aún. Los coches pueden hacer muchas cosas, somos nosotros los que no sabemos dirigirlos bien. Qué maravilla de vehículo, estoy encantado con él. Es el mejor coche que he llevado jamás. Es como un tren de alta velocidad pegado a sus raíles. Gracias, Vance, por haberme traído por estas maravillosas carreteras.

—No estoy para volar, Simon, ahora no. Joder, me siento fatal. He cacareado como una gallina clueca asustada, maldita sea, la primera vez en mi vida que tengo miedo a algo. ¡Maldito cabrón de los cojones! No voy a poder mirarte a la cara nunca. Llévame a casa, por favor, pero a velocidad de mortal, si es que eres capaz. Me gustaría sobrevivir a este aciago y puto día que no olvidaré jamás.

Vance no puede evitar vomitar tres veces más, ante la sonrisa de Simon, que termina preocupándose por Purdue, pues cada vez tiene peor aspecto.

La vuelta es una tortura para Vance. No acaba de recuperarse. El pánico mortal que ha padecido le ha levantado un fortísimo dolor de cabeza, unido al mareo que no le desaparece y la fuerte contractura muscular en los músculos del cuello. Se dice que jamás volverá a montar en un coche conducido por ese desequilibrado de Keller. Él, un adicto absoluto a la adrenalina, derrotado por un inglés de pacotilla que robaba solo y que ni siquiera había podido esquivar la cárcel. Vance, un vanidoso de libro, egoísta y caprichoso, siente puro odio hacia el que hasta hace poco admiraba. No soporta que nadie esté por encima de él. Y Simon Keller, en sangre fría, está a años luz de Vance Purdue. Le hierve la sangre, desea matarlo, pero se contiene. En la mochila lleva dos pistolas. «Tranquilo, Vance, calma, qué te pasa. Este inglesito tendrá lo que se merece. Le gusta Abha, la usaré contra él».

—¿Estás mejor, Vance? —pregunta Simon, que lleva el coche a la velocidad de una bicicleta vieja, acrecentando así el odio de Vance hacia su persona.

—No, no mucho. Puedes ir un poco más rápido, tampoco voy a vomitar si llegas a 100 por hora. No soy una puta abuela inválida, ¿vale?

—Mira, Vance, conduce tú mejor. No sé a qué velocidad te va bien ahora.

Keller para el coche y se baja. A Vance no le queda más remedio que ponerse al volante. Se siente un poco mejor conduciendo él. Las dos horas y media que dura el viaje de vuelta las hacen en completo silencio. Simon se sabe vencedor, no necesita decir nada. Vance, derrotado, mareado, furioso como nunca antes en su vida, avergonzado por haber quedado en ridículo ante un hombre con los huevos demasiado bien puestos, solo puede tragar bilis y callar.

Hacia el mediodía, el Ferrari, con los neumáticos traseros casi lisos por la conducción de Simon, entran en la mansión. Eric y Abha están en Praga, haciendo compras. Billy está en su habitación, estafando a pobres incautos en páginas de subastas en línea. Tony está en el jardín, haciendo ejercicios físicos. Vance sube a su habitación y se encierra allí. Simon decide ir a Praga. Conoce la ciudad y le gusta pasear por sus puentes y subir al castillo. Antes se ducha, pues lo que ha hecho en las montañas le ha dejado la ropa muy sudada, y baja dispuesto a conducir un poco más su adorada máquina roja. Cuando arranca se percata, a través del espejo derecho, de que Zdenka sale de la casa. Keller se baja del coche y la llama, hablándole en checo.

—¡Zdenka, buenos días!

—Buenos días, señor Keller —responde ella en inglés, intentando seguir su camino. Ella vive en las inmediaciones y vuelve a su casa siempre a pie.

—Puedo llevarte a tu casa si quieres.

—Vivo aquí cerca, no se moleste, señor, gracias, es muy amable.

—Entonces, hoy te invito a comer. Venga, en Praga. Elige tú el sitio.

—Señor, yo... En fin, ayer la señorita Batia me mandó llamar a su habitación. Quería saber de qué había hablado con usted ayer por la tarde. Quizá no sea conveniente que me vean hablando con usted. Necesito el trabajo y...

—Tonterías, Zdenka. Eso son solo celos de mujer. Le gustaría que solo la mirase a ella, pero yo quiero estar contigo. Conozco el Bellevue, creo que es uno de los mejores. Venga, sube. Total, ya hemos hablado, así que da igual. Y he sido yo el que te ha interpelado, así que no puedes tener problemas.

La chica termina subiendo al coche y a Simon se le ilumina la cara. No estaba seguro de que ella acabara accediendo a su invitación. Tony, desde el jardín, observa la escena. Esa información puede ser interesante para usarla contra él.

Pasa todo el día con Zdenka, que tiene dos días libres. Comen, pasean por Praga, después cenan en un pueblo de las afueras. Zdenka, totalmente prendada de Simon, accede a todos sus deseos. Está esperando que la bese, pero el inglés no lo hace. Tras la cena, la lleva a pasear por el centro de Praga.

El vuelo a Nueva York es al día siguiente, a las once de la mañana. Tiene tiempo. Mientras andan por el puente San Carlos, Keller se acerca a la bella checa y la besa. Después la lleva a su casa. Ella no puede separarse de él. Se baja del coche, pero no cierra la puerta.

—Estoy sola, Simon. No tengo novio actualmente. Me gustaría que durmieras conmigo hoy. Me apetece mucho. Sé que mañana te vas y no sé si volveremos a vernos. Algo me dice que no, aunque... quién sabe.

—Yo también lo deseo, mi bella Zdenka. Permíteme un minuto, ahora subo. Tengo que hacer una llamada importante. De hecho, debía haberla realizado esta tarde, pero tu belleza me descuadra las neuronas, me las revoluciona.

—Tonto...

Keller saca el móvil y llama a Dupont, que está, como es habitual en él, bastante enfadado ante la falta de noticias de Simon.

—Lo del Museo Británico es excesivo, Simon. Si te cogen antes de que consiga atrapar a la banda, no sé si seré capaz de exculparte, espero que me comprendas. El botín es demasiado alto esta vez. Estás haciendo un buen trabajo. No creo que haya dudas sobre quién conducía el Aston Martin. Bien, ahora cuéntame dónde será el próximo golpe.

—Dupont, no puedo traicionar a estos tíos a la primera de cambio. Verás, el chino desconfía de mí desde el primer segundo. La india no está tampoco muy contenta. Y hoy... bueno, el jefe, al que por fin he conocido, quería hacer una excursión conmigo por la montaña. Le he dado un paseo, girando con algo de brusquedad a veces, y está muy enfadado por haberlo humillado. Le entró pánico, y no creo que me lo perdone, pero está contento con mi trabajo en el museo, eso sí.

—El nombre, Simon, dímelo ahora.

—Jack, hombre, escucha…

—No estoy de broma, Simon. Estás trabajando, eres libre solo porque yo lo quiero. Estás a punto de lograrlo, y no voy a traicionarte, yo no. Pero esos tíos, con los que estás, son delincuentes. Tú tienes una oportunidad. Aprovéchala. Si vuelves a entrar, puede que sea para muchos años. Perderás la juventud, Simon, chico. Mírate, hombre, estoy empezando a cogerte algo de aprecio, aunque no mucho, si soy sincero, pues me tienes abandonado, pero lo entiendo. Eres un tío con clase, guapo, joven, con talento. Solo tienes que ayudarme a acabar con esto. Mi carrera subirá como la espuma y tú serás libre para siempre. Te prometo que tengo trabajo para ti, especial, y bien pagado, pero ahora no puedo hablarte de eso. Confía en mí.

Keller duda. Si dice el nombre, la traición hacia ese grupo será completa. De todas formas, dio el nombre de los otros. Es justo que dé también el del máximo responsable. Piensa en Abha, pero de inmediato la imagen de ella abriendo la puerta a Vance le decide a hacerlo.

—Se hace llamar Vance Purdue.

Simon hace una descripción lo más completa posible del jefe de la banda.

—Dentro de unas horas salimos para Nueva York. Zoológico del Bronx. No sé más, de momento.

—Corto, Simon, es peligroso que hables tanto. Buen trabajo, muchacho. Nos vemos pronto. No lo olvides: la libertad te espera.

16

Simon llega al avión privado en el último momento. Vance está de muy mal humor, pensaba que el inglés se había olvidado de la hora. El servicio le comunicó que no había vuelto a la casa desde el mediodía del día anterior, cuando lo dejó a él.

—Buenos días, chicos. ¿Qué tal? Llego un poco justo, pero siempre a tiempo, eso es lo importante. ¿No pensaríais despegar sin mí?

—Por un momento pensé que no querías venir —dice Vance, que no consigue olvidar el ridículo hecho ante los ojos del inglés.

Están Billy, Eric y Tony, pero no Abha.

—¿No viene Abha? Creí que íbamos todos, el equipo al completo —dice, extrañado, Simon.

—No te preocupes por ella. Abha se encarga de otras cosas, de mover nuestro dinero, lavarlo, ocultarlo, sacarlo cuando es necesario, invertirlo. Ya conocerás más sobre ella. Ahora lo que nos importa son las tortugas.

—Claro, Vance, sin problemas. No creo que se nos escapen. Muy rápidas no suelen ser —responde mirando con fijeza a Vance, que entiende que la frase contiene un doble sentido que solo ellos dos pueden comprender; el americano lo capta a la perfección, pero encaja el golpe con entereza y no replica.

—Veremos. No hay que confiarse.

El avión de Vance aterriza en Nueva Jersey. De ahí van a un viejo almacén en donde Purdue tiene pensado planear el golpe, la escapada y el posterior reencuentro de todo el grupo. En este lugar, medio en ruinas, vivirán y dormirán todos hasta que se lleve a cabo el robo. Vance les explica que las tortugas son delicadas, que tendrán que cogerlas con cuidado e introducirlas en unas cajas especiales que les muestra.

—Billy y Simon, mañana iréis al zoo a echar un vistazo a todas las instalaciones. Aquí tenemos un plano detallado. He pensado que podemos entrar por aquí, la zona de las serpientes. Es una gran caseta que está cerca de la entrada, y si saliera algo mal, tendríamos tiempo de escapar. Desde ella accederemos al lugar en donde tienen a esos tesoros con caparazón. No hay información sobre dónde están. Son conscientes del gran valor biológico y material que poseen, por lo que las resguardarán. Vuestra misión mañana es descubrir el lugar y calcular los tiempos desde el recinto de las culebras. Si consideráis que debemos buscar un mejor lugar para entrar, lo discutiremos a vuestra vuelta.

—¿Crees que estarán las siete juntas? —apunta Eric.

—Es probable que sí. Si las tienen en algún sitio especial, sin duda. Pero no tenemos ni idea. Somos cuatro, hay siete tortugas. Billy estará afuera, como siempre, controlando cámaras, alarmas, etcétera. Tres de nosotros cogerán dos tortugas, y uno, solo una. Lo ideal sería que pudiéramos salir con ellas ya en las cajas. Simon nos sacará del Bronx con una furgoneta. En el puerto tenemos un barco que nos estará esperando. Llevaremos las tortugas hasta Cuba. Allí nos espera el tailandés, que al parecer tiene una excelente relación con los Castro y muchos contactos. ¿Alguna duda?

—Está todo claro —dice Tony—. Ese viaje en barco será un poco lento, pero supongo que es la mejor forma, si lo tienes así preparado.

—En caso de problemas, echamos las tortugas al agua. Hoy en día es más peligroso robar animales protegidos que joyas o dinero —explica el jefe.

—Pobrecillas, morirán —contesta Tony.

—Tony, eres sorprendente, tío. Tus rivales en las jaulas no te dan pena, los destrozas, pero en cambio sientes compasión por unos animales —dice Eric, que no puede evitar hacerle a su amigo ese reproche.

—No te entiendo, Eric.

—Solo digo que me sorprende, nada más. No te creía capaz de compasión, pero está bien —dice el ruso riendo.

A Tony no le ha hecho ninguna gracia el comentario de Eric. Es muy rencoroso, y lo apunta en su libreta mental.

Al día siguiente, Billy y Keller están en el zoo del Bronx. Llegan por la mañana, a primera hora, cuando apenas hay gente. Compran todas las guías y los catálogos disponibles para disimular, pues en realidad están calculando a pie los metros y las distancias entre cada pabellón. En uno de los folletos encuentran información sobre las tortugas. Las tienen en un pequeño edificio al final del zoo, muy alejado de la entrada. No pierden el tiempo y se encaminan hacia allá. Están en un gran recinto con vegetación tropical, árboles, agua. Se hallan a unos siete metros por debajo del suelo. No hay urnas especiales, en apariencia. Solo una barandilla de madera. Demasiado fácil, le dice Simon a Billy.

—No creo que sea tan fácil, es probable que aquí haya alarmas de láser o algún tipo de sensor que se activará por la noche, o de manera continua incluso. Ayer estuve todo el día buceando en los archivos informáticos del zoo. No encontré por ninguna parte referencias a las tortugas. Es extraño. De todo lo demás he visto la información. Sobre estos animales que tenemos delante ahora ni una mención, es como si no existieran. En fin, supongo que conocen bien que son un tesoro para los traficantes de animales. Tendremos que andarnos con mucho ojo. Entrar no será difícil, ya tengo preparada la desconexión para el día que lo hagamos.

Billy va siempre con su ordenador portátil, y tiene todos los datos que le explica a Simon. Como a Billy le gusta mucho Keller, le va enumerando en dónde tiene la banda los distintos pisos francos repartidos por todo el mundo. De repente, a Simon le da un vuelco el corazón. A pocos metros de él está el mismísimo Jack Dupont, mirando la jaula de los gorilas. Consigue llevarse a Billy a otro pabellón y, unos minutos después, le dice que tiene algún problema estomacal, que necesita encontrar los servicios. Justo allí lo espera Dupont.

—Pero ¿te has vuelto completamente loco? Vas a estropearlo todo, Dupont, no me jodas. ¿Qué coño pintas aquí?

—Solo quería asegurarme de que todo lo que me dijiste era cierto, ya veo que sí. Este va a ser el último golpe de «Los Finos», te lo aseguro. Vamos a cazarlos gracias a esos animalillos.

—Un momento, Jack. ¿Vamos a ser detenidos todos? ¿Qué será de mí? Estoy en otro país, aquí no puedes hacer nada, supongo.

—¿Qué parte de la palabra Interpol no entiendes, Simon? Tengo poder de actuación en cualquier país, y para este caso tengo preferencia, todas las Policías tienen orden de colaborar, no te preocupes de nada, Keller.

—No podemos seguir hablando —dice Simon muy nervioso.

—¿Cuándo será?

—Aún no está fijado el día, pero pronto.

—Bien, tenemos todo preparado, no hay problema. Hasta la vista, Simon. Tu libertad está cerca ya, ánimo.

Simon sale de los baños sin mirar a Dupont, enfadado con la situación e intranquilo, pues no sabe si confiar en ese hombre, al que le nota una ambición profesional sin límites. Es capaz de traicionarlo con tal de apuntarse el tanto de la detención de la banda.

Keller vuelve con Billy y están un par de horas más en el zoológico.

Regresan al almacén y cuentan todo lo que han visto, enseñan los apuntes a Vance acerca de los guardias, posibles alarmas, salidas de emergencia, etcétera. Tony no quita los ojos de Simon. Ha notado algo, lo ve diferente a cuando salieron por la mañana. Simon es muy buen actor y consigue aparentar estar tranquilo, pero Tony percibe que le ocurre algo, tiene un sexto sentido para percibir cambios de humor en la gente.

—Se te ve diferente, Simon. ¿Qué te ocurre? Por la mañana no estabas así —dice Tony mirándolo fríamente, casi con odio.

—Explícate mejor, Tony. Está todo bien. No entiendo a qué te refieres —contesta Simon bastante a la defensiva, un poco alterado por esa frase inesperada.

—No sé qué ha sucedido en el zoo, pero te veo nervioso. Algo ocultas, lo sé desde el principio, a mí no me engañas tú. Quizá al resto sí, pero eso no cambia las cosas.

—Ya estoy más que harto de ti, tío. Si Vance ha decidido que forme parte de la banda, si me quiere con él, no sé quién eres tú para estar todo el día metiendo cizaña en mi contra.

—¡Basta! —ruge Vance mirando con severidad a Tony.

—Ya hablamos de esto, Tony. Te di instrucciones precisas y te dije que no quería ninguna escena delante de mí. Simon ha hecho un trabajo excelente. De hecho, os salvó a todos en Londres. No puedo obligarte a que te guste alguien que no es santo de tu devoción, pero al menos déjanos a todos en paz con tus sospechas. Si tienes algo, cualquier dato, alguna evidencia, sospecha o lo que sea, dilo ahora. Si no, cállate, hazme ese favor. Te estás pasando, Tony, siento tener que decírtelo, pero no ayudas con tu actitud. Yo no lo veo nervioso ni diferente a esta mañana.

—Se siente mal, eso es todo —dice Billy para defender a Keller—, en el zoo me lo ha dicho. Es cierto que le ha cambiado la cara, lo he visto. Problemas físicos, Tony, ¿puedes entenderlo? A todos nos pasa alguna vez. Es físico.

—¿Es eso cierto, Simon? —pregunta Vance.

—Sí, no me encuentro muy bien. Ayer en Praga comí demasiado, no es nada.

Tony no vuelve a intervenir delante de Vance. Discuten los pormenores de su entrada en el zoo. Después Simon sale a buscar comida para todos. Tony aprovecha su ausencia para hablar en privado con Billy.

—Billy, escucha, es importante. Hazme caso, rastrea sus llamadas de teléfono, intenta averiguar qué páginas de Internet visita, no sé, lo que sea. Nos oculta algo, no puedo explicarlo con palabras, pero veo sus ojos. Creo que quiere traicionarnos.

—No seas paranoico, hombre. Es un gran tío. Ha sido siempre libre, no está acostumbrado a trabajar con más gente, pero lo ha hecho bien, ya lo viste en el museo. No, no pienso hacer lo que me pides. Si me lo ordena Vance, de acuerdo, pero ya has oído, este asunto está zanjado. Confiamos en él. Tú no, está bien, lo respeto, pero esto nos va a traer problemas, Tony. Tenemos que estar unidos, necesitamos la fuerza de todos para que todo vaya sobre ruedas, como hasta ahora.

—Eso es, Billy, este es justo el problema. No necesitábamos a este tío para nada. Estábamos muy bien nosotros solos. Bien, como quieras, no voy a insistir ahora. Después de este asunto, creo que Vance tendrá que elegir entre él o yo. Está claro que no podemos seguir juntos.

—Me temo que es más un asunto de ego, Tony, piénsatelo bien —replica Billy.

TRES DÍAS después están preparados para entrar en el zoo. Han planeado distintas variantes y todas las posibilidades de fuga en el caso de que surjan problemas.

A las dos de la madrugada, Eric y Simon entran por el pabellón de las serpientes, a través de un corte en la valla electrificada que Billy se ha encargado de desactivar durante unos segundos. Por su parte, Vance y Tony entran forzando una puerta trasera, lejos de sus compañeros. Como han calculado, se reúnen delante del foso de las tortugas. Están todas allí, con las cabezas metidas dentro de los caparazones. Billy les da el visto bueno, ha anulado las alarmas de láser que rodean el recinto de esos reptiles. Baja Tony, el más ágil de todos. Desde arriba le lanzan las cajas. Va metiendo las tortugas, una a una, en las cajas; y a través de unas finas barras con gancho, Eric las va subiendo. En dos minutos están todos arriba, y las siete tortugas ocupan sus cajas especiales. Van a salir por una ventana que hay en el acuario de los tiburones. Cuando entran en el recinto se encienden las luces.

—¡Alto, policía! Manos arriba.

Simon, que se temía esto, tira con rapidez dos bombas de humo que dejan a los agentes sin visión. Escapan Vance y Eric por el ventanuco previsto. Los policías disparan hacia la ventana, por lo que Tony y Simon deciden buscar otra salida. Corren por un pasillo, les salen al paso otros dos agentes. Tony dispara contra ellos y tienen que refugiarse, dejándoles un margen de segundos para escapar. Simon abre una puerta de emergencia para huir. Tony lo sigue, pero el inglés cierra y coloca una tabla que encuentra junto a las puertas metálicas. Ha dejado encerrado al vietnamita, su mayor enemigo.

—¡Traidor! ¡Hijo de puta inglés, has cerrado la puerta! Abre, maldito gusano, hijo de mil zorras, ábreme ahora.

En ese instante Simon oye cómo dos policías lo derriban, impidiendo que siga hablando. Dupont hace un buen trabajo. Impide que Tony se comunique con Vance para que no pueda delatarlo por su traición.

Simon corre y consigue salir del zoológico. Piensa que Dupont ha dado instrucciones para que él escape, o quizá solo haya sido suerte, no está seguro. Se comunica con Vance.

—Simon, ¿habéis salido?

—He conseguido escapar. Nos han disparado. Tony ha tirado contra los policías, creo que ha herido a uno. He salido por una puerta de emergencia, pero no viene, no lo veo, no sé dónde está, venía junto a mí. Voy a esperarlo. No da señales su intercomunicador, no sé qué ocurre.

—No, Simon, sal. Tony sabrá arreglárselas, es una anguila escapando. Saldrá de alguna forma. Tú vete. Nos pondremos en contacto en Europa. Sal del país como puedas. Cada uno irá por su lado. Nos separamos aquí. Suerte. Al menos tenemos cuatro tortugas. Creo que sacaremos un buen pellizco.

17

Simon logra salir de Estados Unidos sin problemas. Decide que su única opción es confiar en Dupont. Va al aeropuerto y saca un billete para París, y no ocurre nada, lo dejan pasar. Para su sorpresa, miran su pasaporte con atención, pero no avisan a nadie. Aliviado, entiende que Dupont puede que sea un tipo de fiar. Él quiere detener a la banda, y pensaba que le dejaría tirado. Durante el vuelo trata de dormir, pero no lo consigue. Está demasiado nervioso. Si la banda consigue hablar con Tony de alguna manera, a través de abogados o lo que sea, está perdido. Les dirá que él lo dejó dentro a propósito. Lo bueno es que no hay ninguna prueba. Decide dejar de dar vueltas al asunto, cierra los ojos y piensa en Abha. Desde París coge un tren hasta Lyon y se presenta en la oficina central de la Interpol.

Simon informa a Dupont sobre las casas de seguridad que tiene la banda por todo el mundo.

—Jack, he estado pensándolo y... mira, son ladrones, como lo he sido yo, pero son buenos tíos, en serio. No puedo seguir con esto. Ya los he traicionado bastante, es suficiente. Si quieres meterme para adentro de nuevo, adelante. Lo voy a pasar mal, pero no puedo hacer esto. Me siento fatal conmigo mismo, de verdad. Es una tortura esta misión, ¿entiendes?

—¿Traicionarlos? Si han escapado, Simon. Bien, nos has entregado a uno, y está muy bien, pero yo quiero a la banda completa. Ya no podemos esperar más. La próxima ha de ser la definitiva. Me los vas a poner en bandeja, pero necesitamos también a la chica, ella es la financiera del grupo. No sabemos cómo mueve el dinero, dónde lo tiene. Es buena. La queremos.

—Dejadla en paz, coged a los tíos.

—Simon, Simon, ¿es bonita? Mírate, te has enamorado, ¿verdad? Has sucumbido a los encantos de una mujer exótica y elegante. Te entiendo, Keller, pero no te conviene. Te juegas tu futuro, amigo.

—Jack, mira, te lo repito, llévame ahora mismo a la trena. Me da igual todo ya. Estoy cansado. Nunca he sido un chivato, no me gusta esto. Es buena gente, hacen bien su trabajo, no matan, no torturan, solo cogen el dinero de los millonarios. No son un peligro para la sociedad, te lo aseguro. Si fueran otra cosa, no sé, violadores, asesinos, secuestradores de niños, mafia de trata de blancas, entonces, créeme, lo haría incluso a gusto, pero son solo ladrones de guante blanco.

—Son muy peligrosos, Simon. Ese Tony ha herido a dos policías. Por suerte llevaban el chaleco, pero uno de ellos está en el hospital, la bala le ha dado en el hombro. No son santos, chico, no te confundas. No tengo tiempo para dilemas morales ahora. Ya casi los tenemos. Vamos a detenerlos a todos y tu carrera como ladrón habrá llegado a su fin. Vas a cambiar de vida, muchacho, vas a ser un tipo decente y podrás colaborar con nosotros, ayudando a coger tipos duros. Atraparás a violadores y mafiosos, si es tu deseo. Te abriré las puertas, te daré facilidades. Vales para esto. Te espera un futuro, y será, además, y esto es importante para ti, peligroso. Tendrás toda la adrenalina que desees, te lo garantizo. Ahora mantente alerta. Se pondrán en contacto contigo pronto.

—He dicho que no. Devolvedme a la cárcel. Estoy dispuesto a pagar mi pena. Se acabó, Dupont.

—De acuerdo, me vas a obligar a hacer algo que no quiero. Te vamos a acusar, entonces, del robo en la joyería, de todos los daños de la persecución de Londres, de ser el único responsable del robo de las joyas del Museo Británico y de la sustracción de cuatro animales en peligro de extinción. Sobre el disparo al agente, me encargaré de que seas el principal sospechoso. ¿Te calculo los años, Keller, o puedes tú mismo?

—¡Maldito cabrón, no puedes hacer esto! Era un trato. Lo contaré todo, cómo me sacaste para colaborar. Nadie te creerá.

—No sabes nada del mundo real. La justicia la controlamos nosotros, manipulamos lo que deseemos, así que no tendrías nada que hacer. Estás solo enfrente de una maquinaria poderosa y, por qué no decirlo, injusta a veces, pero que funciona así. Yo no he creado este sistema. Tienes cinco minutos para darme una respuesta definitiva. Si quieres cárcel, tendrás rejas para un cuarto de siglo como mínimo. Si, por el contrario, decides ser inteligente y pensar en ti y en tu futuro, jamás volverás a pisar una cárcel. No voy a hacerte firmar un papel, tienes que confiar en mí, pero yo no dejo en la estacada a mi gente. Si eres de los míos, tendrás mi protección. Dime, ¿crees que era difícil para nosotros haberte detenido en Nueva York cuando comprabas el billete? Di órdenes precisas de dejarte pasar. Y así será siempre. Tengo poder, Simon. Y sé utilizarlo. Ahora voy a tomar un café. Cinco minutos.

—No hace falta, maldito policía del demonio. Me tienes cogido. Lo haré, de acuerdo, sí. Voy a traicionar a todos.

En Lyon la banda tiene uno de sus pisos francos. Simon se dirige en taxi hacia allí. Cuando llega al portal ve que Abha sale de ahíen dirección a la calle.

—¡Abha! —grita Keller sorprendido.

La india lo mira y está a punto de salir corriendo, pero queda paralizada por el miedo.

—Abha, querida, ¿qué ocurre? ¿Acaso te doy miedo? Por un momento he pensado que querías salir corriendo.

—No entiendo qué haces aquí, Simon. Me has seguido, ¿es eso? O mejor aún: Vance te ha encargado vigilarme.

—Cuando se trata de mi persona, querida Abha, no das una —contesta él riendo a mandíbula batiente, feliz de reencontrarse con la mujer que, cree, podría llegar a amar, pues no ha amado en serio a ninguna chica en toda su vida.

—Entonces, explícame qué pintas en Lyon.

—Lo mismo podría decir yo. Pero voy a contestar. Sabrás que conseguimos salir de milagro del zoo, estábamos atrapados por la policía. Han cogido, por desgracia, a Tony. Yo salí por otra puerta, Eric y Vance escaparon por el lugar planeado. He venido aquí porque Billy me comentó que el grupo tiene en esta calle un piso. He venido a esconderme, nada más. Pensaba forzar la puerta y entrar, hasta que Vance se ponga en contacto de nuevo. Pero tú, por lo que veo, has tenido idéntica idea.

—En realidad, yo no me estoy escondiendo. Aquí vive una hermana mía. Llegué ayer para visitarla. Duermo en el piso, sí, es nuestro. Toma la llave, descansa. Ahora tengo que irme, mi hermana me espera. Me alegra saber que no te envía Vance.

—¿Cómo se te ha ocurrido esa idea? ¿Por qué querría él vigilarte?

—Está raro conmigo últimamente, no sé. Desconfía de mí. Quizá piense que lo del zoo ha sido cosa mía, que planeé que os detuvieran a todos para quedarme con todo el dinero de la banda. Jamás haría eso, él tiene que saberlo. Soy fiel y leal al grupo. Estoy muy confundida, Simon.

—Lo amas —exclama de repente Keller.

—No voy a engañarte, lo amaba. Estaba enamorada, pero él no siente lo mismo. Cuando quiere sexo viene a mi puerta, aunque solo es eso. Yo le gusto, pero no es eso lo que quiero. Un polvo de vez en cuando, aunque sea en lugares exóticos y paradisiacos, no es suficiente para mí. Yo... cuando me miras creo que contigo siento algo diferente, pero no sé. Necesito pensar, Simon. Me gustas mucho, eso es obvio, pero tengo que resolver mi situación con Vance. Espérame en esta casa. Dentro de cuatro o cinco horas volveré y podremos salir a tomar algo, si te apetece.

—Estoy deseándolo, Abha. Ahora voy a dormir un poco, si es que hay camas.

—Es un ático con ocho habitaciones, te va a gustar. Ya sabes cómo nos las gastamos en este grupo —dice ella sonriendo.

Keller se despide de Abha con un largo beso en los labios. Esta vez ella responde con pasión.

Abha regresa a las dos horas. Está deseosa de pasar la tarde con Simon. Deciden no salir a cenar. Piden comida y se quedan juntos, desnudos, abrazados, hasta la mañana siguiente.

—Dime, Simon, ¿tenemos algún futuro?

—Estamos metidos en asuntos demasiado turbios. A mí me importas más tú que el futuro. Tú eres mi futuro, ¿entiendes?

Abha, al oír esa frase, comienza a llorar.

—¿Lo dices en serio?

—Abha, nunca he sentido esto por nadie. Solo pienso en ti, a todas horas. Cuando el otro día en Praga vi cómo Vance entraba en tu cuarto noté cómo mi corazón estallaba en pedazos. Jamás me había sentido así. No he estado con muchas mujeres, aunque puedas pensar que sí.

—Vamos, Simon...

—Podría haber estado con un número escandaloso de ellas, lo reconozco, es demasiado fácil para mí, pero no he querido. He estado con algunas, sí, desde luego, tengo experiencia, pero siempre he notado que mi cara estaba muy por encima de mí mismo. Cómo decirlo... Solo ven un rostro bello. Intento ser divertido, que me aprecien como persona, pero créeme que es difícil. Veo cómo me miran, y cuando hablo no siento que provoque lo mismo. Lo que quiero decir es que esta cara no la he construido yo, venía de serie. La naturaleza o Dios me la han dado, es un regalo. Me abre las puertas para poder tener sexo con cualquier mujer, pero de eso me aburrí pronto. Yo quería sentir algo más, y contigo lo siento, Abha, sé que es contigo o con nadie.

—Dime, ¿con cuántas chicas has estado en tu vida? No son celos, solo curiosidad científica, si me permites decirlo así.

—Ya te he dicho que con pocas. No sé, siete, nueve...

Abha ríe con una carcajada fresca y contagiosa que Simon no había escuchado hasta ahora.

—Siete... nueve, ja, ja, ja. Podrías haber dicho también dos o tres, habría quedado aún mejor. Vale, Simon, no es importante. Tengo ojos en la cara. Veo cómo reaccionan las mujeres ante ti. Todas ellas. Da igual que sean viejas, jóvenes, de mediana edad, incluso las niñas te miran, no con deseo, claro, pobres, pero te miran como a un tesoro, sienten que tu belleza es especial, no se puede dejar de contemplar, es difícil apartar la mirada. ¿Cómo podría mantenerte alejado de todas? Son legión. Más de tres mil millones de competidoras, por favor.

—Mi corazón es de una sola.

—¿Sí?

—Por supuesto.

—¿Cómo es ella? Cuenta.

—Es la elegancia personificada. Tiene un porte especial, destaca entre todas. Más que andar, parece levitar. Tiene una mirada dulce, pero no la usa siempre, se la reserva. Con los hombres a los que considera peligrosos es fría y calculadora, muy desconfiada, lo que hace a la pobre, quizá sin saberlo, aún más bella. Es tierna en el fondo, pero cuesta mucho llegar hasta esa ternura protegida con mil capas. Y creo que va a ser la madre de mis hijos. Esto es todo lo que puedo contarte de ella.

—Simon, Simon, amor mío, ¿por qué no te he conocido antes? Te equivocas, tu lengua le da mil vueltas a tu bonita cara. No voy a negar que me guste mirarla, pero prefiero escuchar estas palabras que nadie me había dicho nunca. Sobre todo las últimas. Cuando veo a mi hermana, con sus cuatro hijos... Está agotada a veces, pero es tan feliz mirándolos, besándolos. Quiero dejar esta vida, me metí aquí solo por deudas. Cometí algunos errores hace años. Vance me ayudó, ofreciéndome esto, pero creo que se nos está yendo de las manos. No sé adónde vamos a llegar. Todo nos sale bien, es demasiada suerte, y sé que un día se terminará; es ley de vida. Nos cogerán. Como ya han cazado a Tony, por ejemplo, y eso que él es el más ágil, el más rápido.

—Vamos a estar juntos, querida mía, no sé cómo, aún no lo sé, pero haré lo que haga falta para lograrlo. En el avión he venido pensando en ti.

—Ya... —dice ella despechada.

—¿Qué significa ese tono, Abha?

—Tony me contó que esa conductora checa, la rubita tan guapa, subió al coche y que no volviste por la noche. Dime, ¿te acostaste con ella?

—Sí, Abha, lo hice a propósito. Soy como un niño a veces. Quería castigarte. No se me iba de la mente esa escena con Vance delante de tu puerta, con una botella y dos copas... No pude resistirlo. De hecho, salí una vez más a conducir. Le ofrecí invitarla a comer, y accedió. Y después, bueno, ella me dijo que no quería dormir sola, quizá sufra de terrores nocturnos, no sé, pobrecilla, ¿no? Puro despecho, pero me arrepiento, ella estaba entusiasmada, y no me gusta jugar así con las personas, de verdad. Está mal, lo sé, pero soy muy imperfecto, quiero advertírtelo. Eso sí, si aceptas estar conmigo te aseguro que no habrá otra mujer para mí. No son palabras, no necesito a nadie, solo a ti.

—Cuando volviste la noche anterior, después de que salieras con el Ferrari haciendo esos alardes deportivos, estuve a punto de pasar a tu habitación. Me arrepiento de no haberlo hecho.

—No te preocupes, querida. A partir de ahora, todo irá bien para nosotros, ya verás.

～

Por la mañana suena el teléfono móvil de Abha. Es un mensaje.

«Abha, la banda se reúne esta tarde en Miami, Florida. Avisa a Simon. Billy y Eric ya están aquí conmigo. Os esperamos».

Abha le lee el mensaje a Simon.

—Vámonos, Simon, dejemos esto. No debo nada, he trabajado mucho y me he arriesgado por Vance para lavar su dinero. No necesito nada, solo estar contigo, ser feliz por fin.

He estado intentando que un hombre se enamorase de mí, pero eso no depende de nuestra voluntad. Tú lo has hecho nada más verme, pero él no. Solo me desea. Quiero irme lejos contigo. Vayamos a mi país, India, te va a encantar. Somos libres.

—Sí, Abha, quiero irme contigo. Pero vamos a hacer las cosas bien. Vayamos a Miami y se lo decimos a Vance en persona. No quiero huir así, podría parecer que escondemos algo, después de lo que ha pasado. Puedo participar en el último golpe, según lo que tenga pensado, o simplemente decirle que nos vamos. Yo preferiría hacer este último trabajo, pero advirtiéndoselo. Se ha portado bien conmigo. Creo que lo merece.

—Sí, Simon, estoy de acuerdo. Es lo justo. Pero prométeme que será el último. No quiero seguir con esto. Incluso si tú no me acompañas, yo lo dejo, me marcho. Estoy cansada de esta vida.

—Nos iremos juntos, querida.

Llega otro mensaje de Vance al teléfono de Abha.

—El avión privado de Vance viene a recogerme a Lyon. Tengo que estar en el aeropuerto dentro de tres horas.

—¿No podemos ir juntos?

—Solo podríamos si le decimos la verdad, que estamos aquí los dos. De todas formas, vamos allí a decirle la verdad, lo nuestro. No tenemos nada que esconder. Voy a escribirle que estás aquí, en Lyon, y que volamos juntos a Miami.

Ella escribe a Vance y recibe, a los dos segundos, la respuesta:

«Perfecto. Así ganamos todos tiempo. Os espero con impaciencia».

Abha y Simon pasan el vuelo haciendo planes sobre su futuro. India, China, Australia... Quieren viajar por todo el mundo, tener muchos hijos y gozar de la vida.

—Cuando vayamos en coche, prométeme que me llevarás despacio, Simon. Pasé un miedo como nunca en mi vida aquella noche.

—Lo juro, querida. El que pasó miedo de verdad fue Vance, ¿no te lo ha contado?

—Pues no. ¿Miedo? ¿Vance?

—Terror, pánico, más bien. Volvió enfermo. Me divertí mucho viendo a ese chulito pasar ese mal rato.

—Simon, a veces eres malo como un niño travieso.

—Lo hice solo por ti, en realidad. Fue mi venganza.

—Vaya, tú también eres un celoso de cuidado. Tendremos que vigilar este asunto.

—Sí, tú eres demasiado bella, muy espectacular, exótica para los europeos. También veo cómo te miran todos los hombres, Abha. Tendremos que estar siempre juntos, ja, ja.

Simon, en Lyon, desde el baño del aeropuerto, envía un mensaje a Dupont: «Miami, esta misma noche».

Llegan a Miami a las seis de la tarde, hora local, ganando las horas de la diferencia horaria con Europa.

Un coche los recoge en el aeropuerto y los lleva hasta una discoteca de moda en South Beach, donde los espera el resto de la banda. En una habitación en la que reza el cartel de «privado, no pasar», Vance, Eric y Billy están sentados, tomando limonada de una gran jarra con hielo.

Las caras que tanto Abha como Keller ven en sus compañeros no auguran nada bueno. Simon se teme lo peor. Tony quizá haya podido comunicarse con Vance y le ha contado que lo dejó encerrado en el zoo para que lo capturasen. O quizá sospeche de lo mío con Abha, se dice; sí, será eso. Pero ¿y los demás? Tienen la misma cara de malas pulgas. Simon, por un momento, piensa en huir. Algo dentro de él le grita que corra, pero el tener al lado a Abha lo tranquiliza. No puede dejarla allí, sola, sin saber qué ocurre.

—Siéntate, Simon Keller —dice Vance en voz baja—. Creo que es mejor que estés sentado para escuchar lo que Billy va a decir.

Simon se sienta, obediente. Prefiere saber todo cuanto antes.

—Eres un maldito traidor, Simon. Tengo todas las pruebas —dice Billy, que luce un gesto de odio que le afea mucho el rostro; nunca lo había visto así.

—¿De qué hablas, Billy? —pregunta Abha, que está atónita.

—Abha, tú siéntate también. Te va a interesar lo que nos ha hecho tu amiguito, el guaperas este —grita Vance a punto de perder los nervios, conteniéndose a duras penas.

—Tengo todas las comunicaciones tuyas con un agente de la Interpol, un tal Dupont. Estaban encriptadas, casi imposibles de descodificar para la mayoría, pero no hay nada oculto para mí. Puedo llegar adonde la mayoría no puede. Por eso Vance confía en mí. Hemos escuchado tus conversaciones. De manera que te han sacado de la cárcel solo para cazarnos. Lo habías hecho bien, Simon, muy bien, pero has cometido errores. Nos traicionaste en Nueva York. Suponemos que dejaste a Tony encerrado. Así que aquí tenemos al traidor.

—¡Nos traicionaste, Simon! —ruge Eric en ruso.

Simon se queda unos segundos en silencio. Está todo perdido. O aparece Dupont por alguna parte o es hombre muerto, pero el policía no sabe dónde están, pues él mismo tampoco lo sabía hasta que el coche les ha traído hasta ese local.

—Es todo cierto, señores. Me quedaban muchos años de cárcel y me ofrecieron colaborar. No os podían echar el guante, sois invisibles, sois muy buenos, y os admiro, en serio. En Nueva York no quise entregaros. Tiré las bombas de humo para escapar. No pude entregaros. Y no entregué a Tony. O sea que, en principio, parezco un traidor, pero estoy con vosotros.

—Tienes más cara que espalda, cabronazo de mierda —dice Eric.

—Simon, dime que no es cierto, no puede ser. No me lo creo —dice Abha entre lágrimas.

—No os he traicionado, aunque es cierto que me han sacado de la cárcel para esta misión, pero ya veis que no os he entregado. Pensaba largarme, escapar, pero ahora me van a acusar de los dos últimos robos en solitario si me opongo. Haga lo que haga, estoy jodido. Podría haberme ido en Lyon, con Abha. Lo teníamos hablado. Pero la he convencido para venir. Queríamos decirte que nos queremos y que vamos a dejar la banda, para eso he venido a Miami, no pensaba entregaros, aunque entiendo que os sea difícil creerme. Billy, si consigues saber todo lo que hablo con Dupont, sabrás lo que le dije ayer en la central de la Interpol, supongo.

—No, hasta ahí no llego, pero qué importa.

—Sí importa. Le dije que me metieran para adentro, porque no quiero traicionaros, que sois buena gente, ladrones, pero no asesinos.

—Bien, Simon, teníamos un golpe muy bueno. Vamos a quitarle un cargamento de pastillas de éxtasis al mayor distribuidor de Florida. Nos quedará un beneficio de más de un millón de dólares. La pena es que no vas a poder participar esta vez. Creo que te has equivocado de profesión. Tú habrías sido el mejor piloto de carreras de la historia, pero te dio por meterte en asuntos de hombres. Estás fuera. Eric, átalo.

—¿Qué vais a hacer con él? —pregunta Abha muy preocupada por el fin que le espera al hombre que ama.

—¿Qué se hace con los traidores, Abha? —gruñe Eric mientras ata a Keller con unas cuerdas gruesas.

—¿Vais a matarlo? ¿Estáis locos? Vosotros no matáis gente. Solo robamos, no asesinamos a nadie. ¡Soltadlo!

—Cállate, traidora. De ti tampoco me fío un pelo a estas alturas. Vas a venir con nosotros esta noche. No puedo dejarte ir —dice Vance mirándola con desprecio, casi con asco.

—¿Vais a matarnos a los dos entonces?

—A Simon, desde luego, a ti, veremos, espero que no tengamos que hacerlo, pero tendrás que ser una buena chica a partir de ahora.

—De manera que me quedan minutos de vida —dice Keller—. ¿Podría pediros una cosa? Que sea rápido. Un disparo, una buena cuchillada en el corazón, algo limpio.

—Está todo preparado, Simon —explica Purdue—. Por desgracia, vas a intoxicarte gravemente con pastillas de éxtasis, justo las mismas que le vamos a quitar a este pelele que las vende. Te dejaremos aquí, en una habitación contigua y morirás, pero no vas a sufrir demasiado. Verás dulces visiones, tendrás tremendas alucinaciones. Quizá sueñes con tus queridas curvas, malnacido. Espero que, al menos en una pesadilla, te estrelles de una vez. No mereces otro final.

—Al menos, Vance, cuéntales cómo te cagaste el otro día en las montañas checas. ¿Los muchachos no lo saben? Qué pena. Vuestro jefazo, este tío duro, este adicto a la adrenalina, me pidió a gritos que detuviese el coche, vomitó sin parar y se mareó. Y todo por cuatro curvas dadas en derrape. En fin, al menos que no presuma de lo que no es.

—¡Hijo de puta! —aulló Vance lanzando su puño contra la cara de Simon.

Eric para en el último momento el puñetazo.

—Vance, tranquilo, un golpe en la cara no cuadraría con lo que tenemos preparado. Piensa, joder —dice Billy, aliviado al ver que el ruso ha evitado la catástrofe.

—Lo tenemos todo pensado, sí —añade Billy—. Tendrás

cuerdas, y estarás pensando que nadie se creerá que tú mismo te has tomado las pastillas, pero alguien, en cuanto te desmayes, te las va a quitar. Después tenemos a una prostituta, a la que hemos pagado muy generosamente, que declarará que vino aquí contigo y que le pediste que te atara. Guardará las cuerdas, que servirán como prueba. Tendrán tu ADN, y entonces, a otra cosa, mariposa, caso cerrado.

—No es mal plan, tíos. No es la idea que tenía de mi fin, pues me veía más junto al mar, con reuma, lleno de nietos alrededor; pero así es la vida. A veces se gana y a veces se pierde —dice Keller sin perder la compostura.

—Hay que reconocer que los tienes grandes, Keller, eso no te lo quita nadie. Lástima que no nos hayamos conocido en otras circunstancias. Tienes mucho talento —dice Purdue.

Eric se lleva a Simon a una habitación, y allí, con la ayuda de un portero del local de confianza, le introducen por la boca un montón de pastillas que deben acabar con su vida.

Abha llora en la habitación en donde están Billy y Vance. Eric entra y les dice que está hecho.

—Bien, ahora por las pastillas. Son nuestras —dice Vance, feliz de haber terminado con el problema de Keller.

La casa de Thomas Anderson está a las afueras de Miami. Es su cumpleaños y está en una fiesta muy especial, en la playa, en el centro de Miami. Las mujeres que él cree prostitutas trabajan todas para Vance. Tienen orden de emborracharlo y hacer lo que sea necesario para que no esté consciente hasta el día siguiente. Cada diez minutos una de las chicas lo llama e informa a Purdue de la situación.

—Ya está borracho perdido. Tres chicas a la vez intentan

follárselo, pero parece que no puede, ja, ja —informa Vance al grupo.

Abha hace una mueca de repugnancia ante lo que está oyendo.

Eric, Abha, Vance y Billy entran en la mansión. Es de noche y reina el silencio. Billy ha desconectado todas las alarmas. La seguridad de Thomas está toda con él en la fiesta. Durante unas horas el cargamento de droga está desprotegido. Solo tienen que entrar y llevárselo. Ingresan por una terraza abierta y se dedican a buscar las pastillas. Encuentran dos sacos de cien mil pastillas en una habitación. Vance calcula que es poco, que tiene que haber más. Siguen buscando. Eric, que es experto detectando escondrijos en los suelos, nota que una tabla del parqué está suelta. La levanta y ve que es una trampilla que conduce a un sótano. Allí está todo. Un montón de bolsas de pastillas. Más de un millón. Y también encuentran algo que no esperaban.

—Coca, este golfo vende coca también —exclama Vance—. Nos la llevamos también, desde luego. Habrá unos veinte kilos, no está mal. Es un extra con el que no contaba.

Salen de la casa llevando las bolsas de pastillas y los paquetes de cocaína, de un kilo cada uno. Tienen una furgoneta aparcada cerca. Entran en el vehículo, conduce Eric. Antes de entrar, al ruso se le transfigura la cara de espanto.

—Vance, tenemos las ruedas pinchadas, las cuatro. Nos han descubierto, alguien acaba de pincharnos los neumáticos. Hay que salir de aquí, dejad la droga, corramos.

El resto de la banda, mientras escucha estas palabras de Eric, oye las hélices de un helicóptero. A los pocos segundos aparecen varios coches policiacos que rodean la furgoneta.

—Bajen del vehículo con las manos en la cabeza y sin armas. Están rodeados por la Policía de Florida. Vamos, háganlo ahora, despacio y sin trucos. Dispararemos si intentan algo.

—Mierda, Vance, ¿cómo es posible? Ese Dupont no podía saber el sitio, a Keller se lo hemos dicho hace solo media hora —dice Billy sollozando ante la posibilidad de pasar media vida entre rejas.

—Tenemos opciones de escapar, Vance —manifiesta Eric—. Llevo tres armas, tú tienes dos. Si salimos y empezamos a disparar a saco podremos llegar hasta esos árboles, ahí hay una colina; si encontramos un coche, salimos de esta. El mar está cerca y nuestro contacto nos espera. Podemos hacerlo.

Dos disparos destrozan el cristal delantero del vehículo.

—Último aviso. Dentro de dos segundos acribillaremos el vehículo sin contemplaciones —dice una voz de hombre a través de un megáfono.

Abha y Billy salen sin pensarlo más, no quieren morir acribillados por las balas de la policía. Vance y Eric, tras mirarse un par de segundos, asumen que han perdido. No tienen nada que hacer. Hay demasiada policía. Salen también con las manos en alto, dejando las armas en la furgoneta.

Dupont está entre la policía americana. Meten a cada uno en un coche patrulla distinto. Dupont está preocupado al no ver entre ellos a Simon. Se mete en el coche que lleva detenida a Abha escoltada por dos mujeres policías, quienes la han cacheado y leído sus derechos.

—Tú eres Abha, ¿verdad? —pregunta Jack desde el asiento delantero.

Ella no responde.

—Mira, Abha, me preocupa una persona, y creo que a ti también te importa él. Simon Keller, ¿por qué no está con vosotros? ¿Qué le ha ocurrido?

—Tiene que ir a South Beach, él está allí. Le han metido

pastillas en el cuerpo para que muera y parezca ser una sobre-dosis. ¡Sálvenlo, por favor!

Abha le da la dirección del local donde está Keller.

—Gracias, Abha, sabía que tú me ayudarías. Haré todo lo que pueda. Detenga el coche, me bajo aquí. Que venga un coche patrulla. Avise a la ambulancia. Un agente de la Interpol está en peligro de muerte, tenemos que salvarlo. La última frase consigue que todo se acelere.

La ayuda llega al lugar justo a tiempo. Keller está medio muerto, pero aún respira. En la misma habitación proceden a realizarle un lavado de estómago de urgencia y le ponen dos inyecciones que eviten la parada cardiaca. Está en coma, pero vivo.

Simon pasa una semana en el hospital. A los dos días salió del coma. Se recupera con éxito. La extraordinaria rapidez y eficacia de los enfermeros le salvaron la vida.

Dupont entra en la habitación.

—Enhorabuena, Simon. Has hecho un grandísimo trabajo. Siento que hayas pasado por esto. Ese chaval, el informático, que está aterrado y ha cantado hasta *La traviata* a cambio de una pequeña rebaja en su condena, consiguió acceder a nuestras llamadas. Es la primera vez que sucede. No conozco a nadie que pueda hacerlo, pero ese chico es un genio. Por supuesto, pronto estará con nosotros. En la cárcel se marchitaría como una flor. Así trabaja la Interpol, contratando a los mejores delincuentes, siempre que sean rehabilitables, claro, como es vuestro caso. Con el ruso y Vance no hay nada que hacer, son carne de presidio. El vietnamita correrá la misma suerte, es muy violento. La cárcel será un buen sitio para ellos.

—¿Qué va a pasar con Abha, Jack? ¿Cuántos años le caerán?

—Bueno, hace falta que se pueda demostrar cómo lavaba el dinero. No será fácil, pero en cuanto se sepa, de quince años no creo que baje, quizá dieciocho, según dónde la juzguen. Sé que te gusta. Yo me entero de todo. Fue ella la que te salvó la vida. Nada más detenerla, me dijo dónde estabas y lo que te habían hecho. Eso agrava su pena, pues será acusada de cómplice, pero algo haremos por ella, no te preocupes. Parece buena chica, no entiendo qué hacía con ese chulo de Vance.

—¿Sabes, Jack? En Lyon me la encontré de casualidad. Habíamos hecho planes, dejar todo e irnos juntos.

—Ahora descansa. Creo que hoy te van a dar el alta médica. Respecto a Abha, tengo planes también para ella, pero de momento no puedo hacer mucho.

EN UNA CÁRCEL de mujeres a las afueras de Londres, Abha está sentada en el banco de su celda, con las manos tapándose el rostro, sin poder parar de llorar por haber arruinado su vida. De repente, un guardia entra en su habitáculo y le dice que tiene visita.

—No, mi familia no, por favor, se lo ruego. No me sometan a esa humillación. No podría soportarlo. Ellos no, no puedo permitir que me vean aquí, en este estado. Estoy hundida. Solo quiero morir cuanto antes.

El guardia, impresionado por la belleza sin par de la presa y conmovido por su angustia, le dice en un tono más suave:

—No se trata de su familia, señorita, de verdad. Es una persona de la Interpol que quiere hablar con usted. Parece importante. Creo que debe salir ahora, puede ser para su bien. Lo sé por experiencia. Algún trato beneficioso podría esperarla.

—O más interrogatorios, por qué no —dice ella.

—También es posible, no lo niego, pero tengo órdenes, de todas formas, de llevarla ante él. Por favor, acompáñeme.

—No tengo ni fuerzas ni ganas de ver a nadie, lo siento.

—Me obligará usted a avisar a las guardias, que tendrán que llevarla a la fuerza, no haga eso, no es agradable. Entiendo que no esté usted de humor, pero tengo órdenes y he de cumplirlas. Voy a dejarla un minuto sola. Después entraré y me comunicará su decisión, si avisamos a las guardias o no.

El hombre sale y deja a Abha sola durante más de un minuto.

—¿Qué me dice?

—Vamos a ver qué quiere ese dichoso tipo —accede con voz muy débil y desganada.

—Eso está mejor. Yo creo que puede ser algo positivo para usted. —Trata de animarla el guardia, más para que no se eche atrás en su decisión de ir voluntariamente que porque lo piense de verdad.

El guardia le hace sentarse en una sala, que no es la de las visitas normales.

Permanece ahí, sobre una silla negra de plástico, durante tres minutos. Se abre la puerta y entra Simon. Abha queda paralizada. Una mezcla de alegría, alivio, pena y vergüenza forman un cóctel de gestos en su cara que hacen reír a Keller.

—Simon, estás vivo, consiguieron llegar a tiempo, gracias a Dios.

—A pesar de que no está permitido por las normas de la prisión, he logrado meter esto de matute —dice Simon sacando un bonito ramo de rosas blancas.

—Gracias, Simon, qué preciosas son —afirma ella, oliéndolas, al tiempo que dos gruesos lagrimones bajan desde los ojos hasta la mandíbula.

—No llores más, querida, todo ha pasado ya. Toma, límpiate —dice dándole un pañuelo de papel.

—Simon, me enfrento a quince años de prisión por colaboración con una banda criminal. ¿No lo entiendes?

—No te enfrentas a nada, si haces lo que te digo.

Ella se queda alelada, en silencio, sin entender las palabras que acaba de pronunciar Simon.

—Jack Dupont, por los servicios prestados, me ha hecho miembro de la Interpol, soy un agente especial con poderes en bastantes campos. Ahora mismo vengo en representación de este cuerpo. Si aceptas colaborar con nosotros, que será, sobre todo, conmigo y con Jack, dentro de unas horas estarás libre. Saldrás de aquí conmigo, agarrada, si quieres, de este brazo.

—¿Lo estás diciendo en serio?

—No he hablado más en serio en toda mi vida, querida mía.

—¡Simon! —grita lanzándose al cuello del flamante policía y besándolo en la boca.

—Esto sí que es un beso, ya era hora —dice Keller, secando las lágrimas de su amada con las yemas de los pulgares.

—Simon, ¿cómo puedo gustarte con estas pintas? No me mires, por favor, estoy demacrada, tengo unas ojeras horrorosas, casi no duermo, no podía más. Gracias, gracias por salvarme la vida.

—Eres tú la que me has salvado a mí. En todos los sentidos. Ahora podremos llevar a cabo todos nuestros planes, que son muchos. Quizá a India, de momento, no podamos, pero viajaremos bastante.

—A tu lado me siento con fuerzas para lo que sea. No quería vivir. Me sentía culpable por tu muerte, creí que no habían llegado a tiempo de salvarte la vida, cariño.

—Ahora me esperan unas buenas dos horas de papeleo con estos funcionarios, tengo aquí todos los documentos que me ha dado Jack. Antes de que anochezca estarás fuera. He traído el Ferrari 812. Dupont, en agradecimiento, me ha permitido quedarme con él. El resto de coches están requisados, así como las casas. Tú tendrás que intentar recuperar el dinero que puedas, no creo que sea fácil, pero ese será, durante las primeras semanas, tu principal cometido.

—Quiero hacerlo, para enmendar mis errores, que han sido muchos. Creo que no me merezco esto, tanta suerte. No he pagado más que un par de semanas de prisión, no es nada.

—Abha, aunque tú no puedes estar nunca fea, te han pasado factura, es más que suficiente. No te tortures. Has tenido suerte, es todo.

~

Oficina central de Interpol, Lyon (Francia)

Decenas de periodistas de todo el mundo se agolpan a las puertas del edificio. El flamante nuevo jefe de la Interpol, Jack Dupont, quiere hacer una declaración pública ante la prensa de todos los países.

—Señoras y señores, hoy es un día grande para la Interpol y para las Policías de todos los países. Tras cinco años de difíciles investigaciones hemos conseguido capturar a la peligrosa y escurridiza banda de ladrones que actuaba por todo el mundo, a la que nosotros bautizamos como «Los Finos». Los miembros de la banda están todos detenidos y vivos. Aquí los tienen ustedes, detrás de mí.

Las cámaras enfocan a cuatro hombres que están escoltados por una docena de policías. Eric, Vance, Billy y Tony están esposados e intentan no mirar a las cámaras.

—Los ciudadanos honrados del planeta podrán vivir un poco más tranquilos a partir de ahora, sabiendo que estos hombres van a pasar gran parte de lo que les quede de vida entre rejas. Nada más, señores. Gracias por su atención. Les mantendremos informados. Se abre un turno de preguntas de diez minutos.

NOTA DE LOS AUTORES

La mejor recompensa para nosotros como escritores es que tú, estimado lector, hayas disfrutado de la lectura de esta novela. La mejor ayuda que como lector nos puedes ofrecer es brindarnos tu opinión honesta acerca de ella.

Para nosotros es sumamente importante tu opinión ya que esto nos ayudará a compartir con más lectores lo que percibiste al leer nuestra obra. Si estás de acuerdo, te agradeceremos que publiques una opinión honesta en la tienda donde adquiriste esta novela. Nosotros nos comprometemos a leerla.

Si deseas leer otra de nuestras obras de manera gratuita, puedes suscribirte a nuestra lista de correo y recibirás gratis una copia digital de *Emboscada*: Max Cornell *thrillers* de acción. Así mismo te mantendremos al tanto de nuestras futuras publicaciones. Suscríbete en este enlace: https://www.autopublicamos.com/emboscada

Finalmente, si deseas contactarte con nosotros puedes escribirnos directamente a adrian@autoresaragon.com.

Nuestros mejores deseos,
Adrián y Miguel Aragón

goodreads.com/autoresaragon

instagram.com/autoresaragon

facebook.com/autoresaragon

www.ingramcontent.com/pod-product-compliance
Lightning Source LLC
Chambersburg PA
CBHW031019190726

48286CB00003BA/930